W0413574

NAN YAK

La promesse de l'orchidée

1

JEONG Hyunjoo
PARK Jinhwan

KBOOKS

NAN YAK

La promesse de l'orchidée

ATTENTION !!

Ce livre contient des images potentiellement choquantes.
Les femmes enceintes, les personnes âgées, les enfants et les individus fragiles sont priés de faire attention lors de la lecture.

Sommaire

Chapitre 00

NAN YAK
La promesse de l'orchidée

JE T'ATTENDRAI.
DRRR
PARK CHIL-BOK
23:41
DRRRR
DRRRR

DRRRR
DRRRR
CE MÊME RÊVE.
DRRRR
ENCORE...
HÉ, YANG JAE-SHIN !
...
QUOI...?
BAH ALORS ? T'ÉTAIS ENCORE EN TRAIN DE DORMIR, HEIN ?
T'ES TROP FAINÉANT, C'EST POUR ÇA QUE TON LIVRE NE SE VEND PAS.
QU'EST-CE QUE ÇA PEUT TE FAIRE ?
T'AS RÉPONDU AU TÉLÉPHONE, AU MOINS T'ES TOUJOURS VIVANT.
LES INFOS CES JOURS-CI PARLENT D'HISTOIRES HORRIBLES DE DISPARITIONS D'ENFANTS.
J'AI PENSÉ À TOI, DONC JE VIENS AUX NOUVELLES.
FERME BIEN TA PORTE D'ENTRÉE AVANT DE DORMIR.
JE RACCROCHE SI TU N'AS RIEN À DIRE.
HÉ ! ATTENDS ! J'AI QUELQUE CHOSE À TE DIRE !
SI C'EST POUR ME DEMANDER D'ÉCRIRE SUR TON SITE, LAISSE TOMBER...
QUOI ?
NON, C'EST PAS À PROPOS DE ÇA...
CRIC CRIC

MAIS QUAND MÊME… C'EST VRAIMENT PAS SYMPA MEC, QU'EST-CE QU'IL A NOTRE SITE ?
LE BOULOT DE TA BOÎTE EST TROP DUR POUR CE QUE ÇA PAIE.
N'ENTRAÎNE PAS TES AMIS DANS LA GESTION DE TON PETIT SITE. C'EST UN MÉTIER PASSION.
HAA… QUEL ENFOIRÉ SANS CŒUR…
C'EST VRAI QU'ON A PAS D'ARGENT MAIS…
TU DISAIS QUE T'ALLAIS ÊTRE À LA RUE À CAUSE DU LOYER.
T'ES EN POSITION DE FAIRE LE DIFFICILE AVEC CE BOULOT ?
DÉSOLÉ. JE N'AI PAS DE PASSION…
QUEL ENFOIRÉ… TU FUIS LES RESPONSA-BILITÉS…
C'EST EXACTEMENT POUR ÇA QUE JE SUIS LE SEUL AMI QU'IL TE RESTE.
MÊME À L'ORPHELINAT, TU NE PARLAIS QU'AVEC LA DIRECTRICE.
C'EST JUSTE QUE… LA FAÇON DONT TU IGNORAIS TOUT LE MONDE.
C'ÉTAIT FUN À VOIR, MEC.
JE VAIS VRAIMENT RACCROCHER.

HÉ ! JE T'AI DIT QUE J'AVAIS UN TRUC À TE DEMANDER. TU PEUX BOSSER JUSTE UNE JOURNÉE ?
UN POSTE S'EST SOUDAINEMENT LIBÉRÉ DANS L'ENTREPRISE D'UN AMI.
TU PEUX DÉPLACER DES CARTONS SEULEMENT POUR UNE JOURNÉE ?
NON… C'EST CHIANT…
CE SERA PAYÉ LE DOUBLE.
…
TU VAS LE FAIRE, HEIN ?
FAUT QUE TU SORTES UN PEU PRENDRE LE SOLEIL, NON ?
…
JE SUIS EN RETARD SUR LE LOYER, ALORS…
PARK CHIL-BOK EST CHIANT MAIS…
C'EST LE MOMENT DE FAIRE RENTRER DE L'ARGENT.

HÉ, JEUNE HOMME !
MOI ?
OUI, VOUS, JEUNE HOMME !
VOULEZ-VOUS CONNAÎTRE VOTRE AVENIR ?
NON, ÇA IRA.
JE SUIS VRAIMENT DOUÉE POUR ÇA !
POURQUOI ?!
JE NE CROIS PAS AUX SUPERSTITIONS.

*NDE : ART ANCESTRAL CHINOIS UTILISÉ NOTAMMENT POUR PRÉDIRE L'AVENIR.

JE NE CHERCHE RIEN, POURTANT.
?
VRAIMENT ?
LOSOPHE D
ATRE PILIERS
ANCIE / COMPATIBILITÉ / TAROT / DESTIN
C'EST ÉTRANGE…
IL DEVRAIT Y AVOIR QUELQUE CHOSE… NON ?
PFF… QUELLE ARNAQUE…

J'AI PERDU MON TEMPS...
COUPON REPAS
EXPÉRIENCE POUR ENFA
OUI, METTEZ ÇA LÀ-BAS.
SAVE
VOUS POUVEZ FAIRE UNE PAUSE.
PFIOU...
SAVE ME
EXCUSEZ-MOI, VOUS ÊTES BIEN YANG JAE-SHIN ?
?!

VOUS DEVEZ AVOIR CHAUD, BUVEZ ÇA.
AH, MERCI.
OH, CHEF, BAH ALORS ? VOUS ÊTES NTÉRESSÉE ?
HEIN ? QUOI ?
COMME IL AVAIT L'AIR ÉPUISÉ JE LUI AI JUSTE DONNÉ À BOIRE.
QUOI ? JE N'AVAIS POURTANT JAMAIS VU CE GENRE D'INTÉRÊT POUR UN AUTRE INTÉRIMAIRE AVANT.
ENCORE QUATRE HEURES ET J'AI FINI DE BOSSER.
J'ESPÈRE QUE ÇA VA PASSER VITE.

T'AS PERDU LA TÊTE ?!
T'AS PERDU LA CLÉ USB AVEC LA LISTE DES CLIENTS ?!
RETROUVE-LA IMMÉDIATEMENT !
?
RASSEMBLE TOUT LE MONDE ET TROUVE-LA SUR-LE-CHAMP !
OUI... OUI !
BON SANG, LA SEMAINE PROCHAINE SE TIENT L'ÉVÉNEMENT DU CAFÉ POUR ENFANTS...
COMMENT ILS FONT LEUR TAF ?
ET POUR CETTE RAISON, SI VOUS POUVIEZ STOPPER UN MOMENT LE DÉPLACEMENT DES CARTONS ET NOUS AIDER À LA RETROUVER, JE VOUS EN SERAIS RECONNAISSANTE.
OUI.
ÇA N'A AUCUN SENS !

COMMENT ON EST CENSÉS RETROUVER QUELQUE CHOSE DE SI PETIT ?
HEIN ?
IL Y A DES TRACES BIZARRES.
DES EMPREINTES D'OISEAU ?
?!
TIENS, ON DIRAIT QU'IL Y A UN TROU ICI...

CE QUE VOUS CHERCHEZ SE TROUVE À L'INTÉRIEURDES DES RACINES.
IL Y AURAIT QUELQUE CHOSE À L'INTÉRIEUR ?

PHILOSOPHE DES QUATRE PILIERS
CHIROMANCIE / COMPATIBILITÉ / TAROT / DESTIN
ANCE
BIENVENUE !
HÉ HÉ
HEIN ?
UNE CLÉ USB ?
ALORS, QUE VOULEZ-VOUS SAVOIR ?
DEMANDEZ-MOI N'IMPORTE QUOI !
...
...
JE FAIS LE MÊME RÊVE, TOUS LES JOURS...

CE RÊVE DATE TELLEMENT QUE JE NE ME SOUVIENS MÊME PLUS QUAND IL A COMMENCÉ...
À CHAQUE FOIS, JE RENCONTRE UNE PERSONNE AU MÊME ENDROIT.
JE NE CONNAIS NI SON NOM NI SON VISAGE...
ET ELLE ME DIT TOUJOURS LA MÊME CHOSE.

JE T'ATTENDRAI.
POURTANT, JE NE CONNAIS RIEN DE CETTE PERSONNE.
JE VEUX SAVOIR QUI EST CETTE PERSONNE, OÙ ELLE SE TROUVE...
JE NE PEUX PAS SAVOIR CE GENRE DE CHOSES.
?!
VOUS M'AVEZ DIT DE VOUS DEMANDER N'IMPORTE QUOI !
AH LÀ LÀ ! REGARDEZ-LE !
COMMENT POURRAIS-JE TROUVER UNE PERSONNE DONT J'IGNORE MÊME LE NOM ?
EST-CE VOTRE PREMIÈRE DIVINATION ?

PARDON ?
SI VOUS DÉSIREZ CONNAÎTRE CE GENRE DE CHOSES, DONNEZ-MOI UN NOM ET UNE DATE DE NAISSANCE !
CHLAAK
SI VOUS N'AVEZ RIEN À AJOUTER, JE REGARDERAI AUTRE CHOSE DANS VOTRE AVENIR.
…
VOYONS VOIR…
VOYANCE
JE ME SUIS FAIT PIÉGER ?
STAP
SAVE ME
PAS LA PEINE. JE VAIS Y ALLER.
HEIN ? POURQUOI VOUS NE PRENEZ PAS VOS YEUX AVEC VOUS ?
J'AI LES YEUX OUVERTS POURTANT.
PARDON ?
VOUS AVEZ D'AUTRES YEUX POUR VOIR LA VÉRITÉ.
JE NE VOIS PAS DE QUELS YEUX VOUS…

BRRR
PARLEZ…
…
POUVEZ-VOUS M'EN DIRE DAVANTAGE ?
COMMENT EST-ELLE AU COURANT DE ÇA ?
VOUS DEVRIEZ PRENDRE CES YEUX AVEC VOUS.
CETTE FEMME…
LÀ OÙ VOUS ALLEZ, VOUS EN AUREZ BESOIN.
LES YEUX QUE VOUS POSSÉDEZ POUR VOIR LA VÉRITÉ…
SI VOUS CONTINUEZ COMME ÇA, VOUS POURRIEZ Y LAISSER LA VIE.
DITES SEULEMENT CE QUE VOUS VOYEZ À TRAVERS EUX.
VOUS POURREZ RESTER EN VIE SI VOUS LE FAITES.

MAIS C'EST…
VOUS RECHERCHEZ QUELQU'UN, N'EST-CE PAS ?
SI VOUS DÉSIREZ TROUVER CETTE PERSONNE, ARRÊTEZ DE FUIR…
VOTRE DESTIN.
PUIS-JE VOIR VOS MAINS ?
HEIN ?
COMME ÇA ?
CHOPE
QUE FAITES-VOUS ?
J'ESPÈRE QUE CELA VOUS AIDERA.
HEIN ?
PENDANT UN INSTANT, SA FAÇON DE PARLER A CHANGÉ…
?
VOILÀ ! MAINTENANT…

JEUNE HOMME, VOUS ALLEZ ME LE DONNER, N'EST-CE PAS ?
PARDON...?
QUOI DONC ?
LE COÛT DE LA CONSULTATION, L'ARGENT !
VOYANCE
CE N'ÉTAIT PEUT-ÊTRE QU'UNE IMPRESSION...
...
JE PEUX PAYER PAR CARTE, N'EST-CE PAS ?
...
TRRR
SAVE ME

ÇA FAIT LONGTEMPS QUE JE NE LES AI PAS SORTIES.
DEPUIS CE JOUR-LÀ, JE NE LES AI PAS PORTÉES.
SAVE ME
BRRR
09:06
PARK CHIL-BOK
QUOI ?
HEIN ?
SAVE

J'ÉTAIS TROP OCCUPÉE HIER QUE JE N'AI PAS EU LE TEMPS DE VOUS REMERCIER.
MERCI D'AVOIR RÉPONDU.

SI VOUS NE L'AVIEZ PAS RETROUVÉE, J'AURAIS EU DES PROBLÈMES.
IL N'Y A PAS DE QUOI.
JE L'AI TROUVÉE PAR PUR HASARD.

VRAIMENT ? ON M'A DIT QUE VOUS L'AVIEZ RETROUVÉE SOUS UN ARBRE…
COMMENT SAVIEZ-VOUS QU'ELLE ÉTAIT LÀ ?

EH BIEN…
QUOI QU'IL EN SOIT, POUR VOUS REMERCIER, JE TENAIS À VOUS INVITER À DÎNER. D'OÙ MON APPEL.
C'EST UNE GALERIE CAFÉ, ON PEUT DONC AUSSI Y MANGER.
Cafe De La Roch
NON, NE VOUS SENTEZ PAS OBLIGÉE… UN CAFÉ ME SUFFIT…
BRR
AH… J'AI UN APPEL… EXCUSEZ-MOI.
AU 2E ÉTAGE, IL Y A DES TABLEAUX QUE VOUS POUVEZ ADMIRER.
VOUS POURRIEZ Y JETER UN COUP D'ŒIL.
…
ALLÔ, MONSIEUR ?
HAA…

J'EN SAIS RIEN ! ELLE M'A DIT QU'IL FALLAIT À TOUT PRIX QU'ELLE TE REMERCIE.
C'EST COOL, QUOI. T'AS QU'À TE DIRE QUE C'EST LE DESTIN.
...
QUELLE PERTE DE TEMPS...
JE NE PEUX PAS RENTRER CHEZ MOI...
C'EST PÉNIBLE...
HUM...
HA HA... SÉRIEUX. J'Y CONNAIS RIEN.
LE MONDE DE L'ART...

ÇA NE ME...
CORRESPOND PAS...

CE...
...
J'AI DÉJÀ VU ÇA QUELQUE PART...
JE T'ATTENDRAI.

QUAND MÊME PAS...
DANS MON RÊVE...
IL Y A DES GENS ?
ILS SONT TROP PETITS...
...
JE NE VOIS PAS BIEN.
...

WIP
MONSIEUR YANG ! VOUS ÊTES INTÉRESSÉ PAR CE TABLEAU ? VOUS AVEZ L'ŒIL !
ÇA M'ÉTONNERAIT, MAIS...
SI JE LES PORTE, EST-CE QUE C'EST MIEUX ?
AH ! EST-CE QUE... VOUS SAVEZ QUELQUE CHOSE À PROPOS DE CE...

BIEN SÛR. J'AI OBTENU CE TABLEAU.
?!

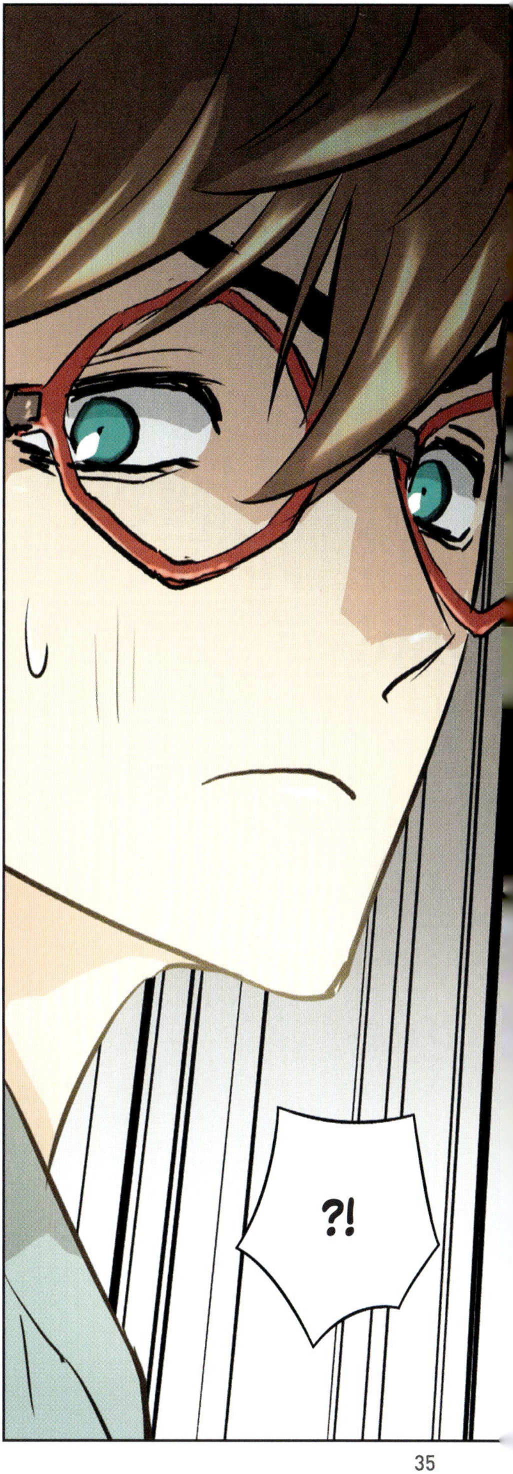
?!

HIIIIIII !
UN...UN MONSTRE ?
C'EST BIEN LA VOIX DE LA FEMME DE TOUT À L'HEURE ?!
J'AI ENTENDU DIRE QU'À L'ORIGINE, CETTE PEINTURE ÉTAIT DE HWA JUNG-SEON.
C'EST UNE PEINTURE DIVINE QUI PERMET À UNE FÉE D'ENTRER ET D'EN SORTIR.
UNE PERSONNE QUI SUIVRAIT CETTE FÉE DANS LA PEINTURE SE VERRAIT PERDUE DANS CELLE-CI À JAMAIS.
LES PERSONNES DANS CE TABLEAU POURRAIENT RÉELLEMENT ÊTRE VIVANTES.
BON, ÇA SIGNIFIE SIMPLEMENT QUE C'EST UNE PEINTURE BIEN RÉALISÉE, NON ?
JE N'ARRIVE PAS À ME CONCENTRER SUR CE QU'ELLE DIT.
AH... OUI...
HEIN ?!
CES PATTES... CE NE SERAIT PAS LES EMPREINTES SUSPECTES DE L'AUTRE FOIS ?

C'EST LA COUPABLE !
JE FAIS QUOI MAINTENANT ?
VOUS DEVRIEZ PRENDRE CES YEUX AVEC VOUS.
VOUS AVEZ D'AUTRES YEUX POUR VOIR LA VÉRITÉ.
DITES SEULEMENT CE QUE VOUS VOYEZ À TRAVERS EUX.

?!
GLUP
QU'Y A-T-IL ?
AH, C'EST JUSTE QUE…
BOUM BOUM
QUOI ?
VOUS AUREZ DES MOMENTS DIFFICILES SI VOUS RESTEZ PARMI LES HUMAINS.
BOUM BOUM
C'EST PAS CE QU'ELLE M'A DIT DE FAIRE ?
TU…
BOUM BOUM
ME VOIS ?

HA HA
JE VOIS, TU ES AUSSI UN MONSTRE !
JE ME DISAIS.
JE PENSAIS QUE TU ÉTAIS UN HUMAIN QUI SAVAIT POUR LA CLÉ USB. J'AVAIS DONC PRÉVU DE T'ÉLIMINER.
J'IGNORAIS QUE TU ÉTAIS DE LA MÊME ESPÈCE QUE MOI. J'AI FAILLI FAIRE UNE ERREUR !
EH BIEN… ÇA AURAIT PU !
UN MONSTRE ?
PFIOU…
JE SUIS SAUVÉ.
ESSAYONS DE… PARLER NATURELLEMENT.
MAIS…
CE BÂTIMENT QUI RESSEMBLE À UN TEMPLE… C'EST QUOI ?
HEIN ?
C'EST LE TEMPLE NANYAK, TU LE SAIS, NON ? TU NE CONNAIS PAS CE TEMPLE ?
WIP
QUEL GARS ÉTRANGE.

AH, NON, EN FAIT…
ÇA DATE TELLEMENT QUE J'AI OUBLIÉ… HA HA.
…
COMME TU AS DIT TOUT À L'HEURE, CES GENS À L'INTÉRIEUR SONT VRAIMENT EN VIE ?
ILS SONT SI MIGNONS, ILS ME PROCURENT UN SENTIMENT DE SATISFACTION.
HA HA
C'EST PAS POSSIBLE !
ALORS TOUTES CES PERSONNES SONT EN VIE ?
BIEN SÛR, LES PETITS HUMAINS QUE TU VOIS LÀ. C'EST MOI QUI LES AI TOUS COLLECTÉS !
?!
UGH
IL A… IL A BOUGÉ ?
ÇA A PRIS DU TEMPS DE RASSEMBLER TOUS CES PETITS HUMAINS…
MAIS ÇA PRENDRA ENCORE PLUS DE TEMPS DE REMPLIR CE TABLEAU.
BRRR
LES INFOS CES JOURS-CI PARLENT D'HISTOIRES HORRIBLES DE DISPARITIONS D'ENFANTS.
…

JE DOIS SAUVER CES ENFANTS !
COMMENT JE POURRAIS FAIRE ?!
DU COUP... SI TU LES FAIS ENTRER, IL Y A AUSSI UN MOYEN DE LES FAIRE SORTIR ?
AH, JE VOIS !
SIMPLE CURIOSITÉ.
TOI.
T'ES UN HUMAIN, PAS VRAI ?
ÉVIDEMMENT.
QUELQUE CHOSE SEMBLAIT BIZARRE.

BOUM

AÏE !
QUELLE FORCE !
J'IGNORE COMMENT TU M'AS DÉMASQUÉE, MAIS TU N'ES PAS UN AS DU MENSONGE.
TOUT À L'HEURE, TU AS DEMANDÉ COMMENT LES FAIRE SORTIR, NON ?
IL N'EXISTE AUCUN MOYEN DE LE FAIRE.
SEUL HWA JUNG-SEON PEUT LE FAIRE.

À VRAI DIRE,
JE VOULAIS T'ENFERMER
LÀ-DEDANS DEPUIS
LE DÉBUT.
?!
TRÈS BIEN.
ENTRE DANS
LA PEINTURE.
ARGH !
TCHAC
PLAK
!!

ARGH...
EST-CE LA FIN ?

JE NE DOIS PAS ABANDONNER.
NON.
PAS AVANT D'AVOIR TROUVÉ CETTE PERSONNE…
?!
POOWO

WOOOWOOO
ARGH !!
LA MARQUE !
?!
LE SORTILÈGE...
JE VAIS ÊTRE MAUDITE !
ARGH !!
C'EST...
LA MARQUE ?!
GRR !

FLAP
GLOUPS
LA MARQUE ?!
GLOUPS
UN SORTI-LÈGE... ?
POURQUOI C'EST APPARU SOUDAINEMENT ?
J'ESPÈRE QUE CELA VOUS AIDERA.

CETTE VOYANTE M'AURAIT FAIT ÇA ?
J'AI SURVÉCU GRÂCE À CE SORTILÈGE.
JAE-SHIN.
TU T'ES TOUJOURS SENTI COUPABLE QUAND QUELQUE CHOSE DE MAL SE PRODUISAIT.
MAIS CETTE FOIS-CI, NE TE SENS...

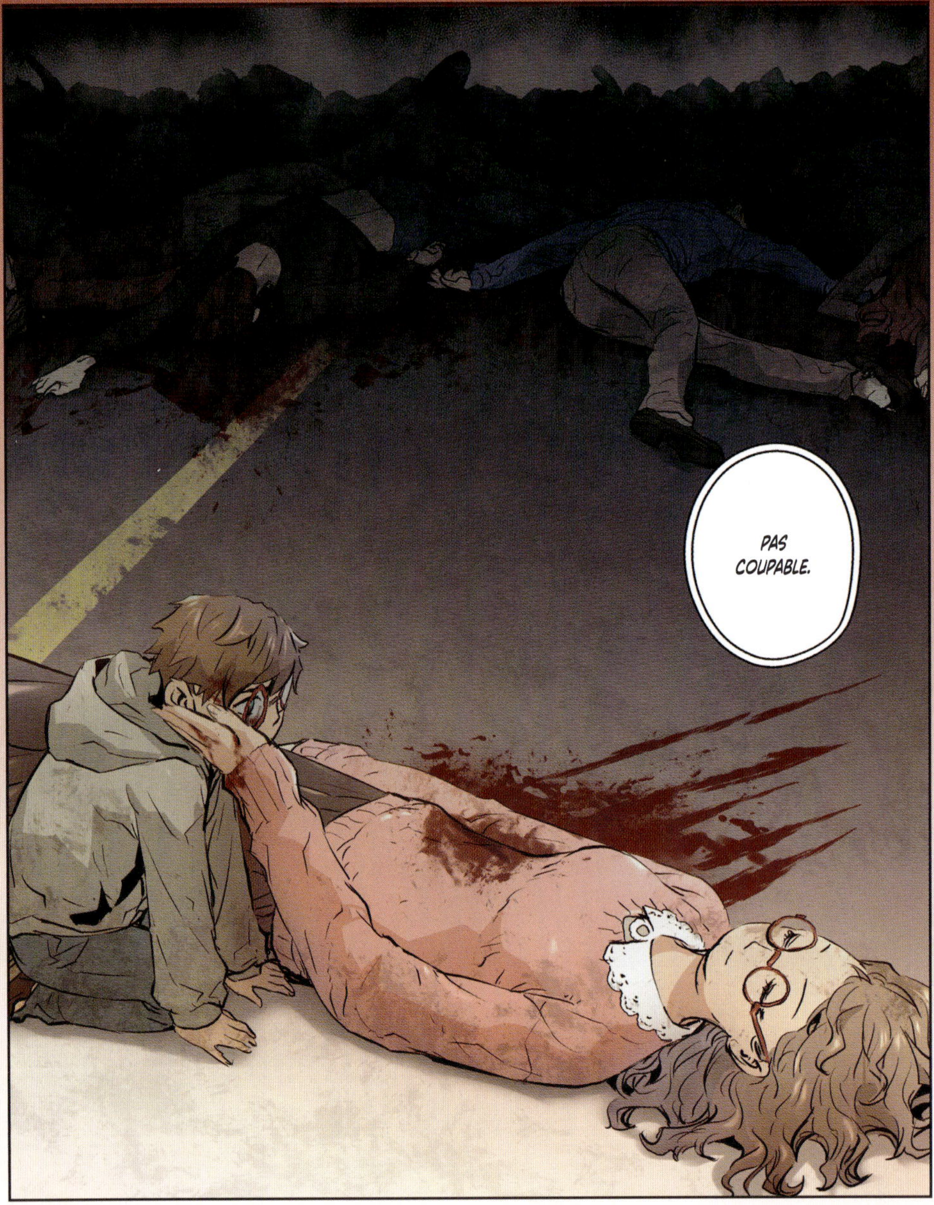
PAS COUPABLE.

DIRECTRICE.
QUE VAIS-JE FAIRE MAINTENANT ?
AH !
C'EST VRAI, LES ENFANTS !
STAP
IL N'EXISTE AUCUN MOYEN DE LE FAIRE.
SEUL HWA JUNG-SEON PEUT LE FAIRE.
LES ENFANTS DISPARUS SONT DANS CETTE PEINTURE ?!

RIEN DU TOUT...
ARGH !
BAM
UNE FOIS ENCORE...
JE NE VAIS RIEN POUVOIR FAIRE ?
VOOUM

?!
VOOUUM
...
J'AI TOUCHÉ QUELQUE CHOSE...
VOOUUM

POF

HEIN ?!
JE L'AI SORTI ?!
NOTRE PROCHAIN REPORTAGE...
LES ENFANTS DISPARUS ONT ÉTÉ RETROUVÉS DANS UN QUARTIER PROCHE DE LA GALERIE CAFÉ.
POUR CE QUI EST DU SUSPECT, L'ENQUÊTE RENCONTRE DES DIFFICULTÉS DUES AUX DIFFÉRENTS TÉMOIGNAGES DES ENFANTS.
RUMEURS DE
DATE 02/07/2019 20:15
CLIC
ENFANTS DISPARUS PRÈS DU CAFÉ
2:26 / 17:09
D'AUTRE PART, LES CAMÉRAS DE SURVEILLANCE DU CAFÉ ET DES ENVIRONS SONT TOMBÉES EN PANNE...
CLIC

PFIOU... HEUREUSEMENT, ILS NE PARLENT PAS DE MOI.
SI JAMAIS ILS M'AVAIENT PRIS POUR LE KIDNAPPEUR...
J'AI BIEN FAIT DE VITE PARTIR...
CLIC
...
RUMEURS DE FANTÔMES AVEC DISPARITION DES
DATE 02/07/2019 20:15 VUES 54
JE DEVRAIS Y ALLER, NON ?
SI VOUS DÉSIREZ TROUVER CETTE PERSONNE, ARRÊTEZ DE FUIR !
MAIS OUI ! CETTE VIEILLE FEMME.
FAUT QUE J'AILLE LA VOIR MAINTENANT.
LE DESTIN...
J'AI UN TAS DE QUES-TIONS !

HEIN ?
RÉGIME ALIMENTAIRE
OUVERTURE
POURQUOI IL N'Y A PERSONNE ?
JOUR DE CONGÉ ?
VOUS CHERCHEZ QUELQUE CHOSE ?
AH...
PAR HASARD, VOUS SAVEZ SI LA VOYANTE QUI TRAVAILLE ICI VA VENIR AUJOURD'HUI ?
HEIN ?
DE QUOI VOUS PARLEZ ? JE BOSSE ICI DEPUIS DIX ANS...
MAIS JE N'AI JAMAIS VU CE GENRE DE PERSONNE.
C'EST BIZARRE... POURTANT, JE L'AI VUE ICI IL Y A QUELQUES JOURS...
VOUS SAVEZ, UNE FEMME AVEC PLEIN D'ACCESSOIRES FANTAISISTES ET UNE FORTE PRÉSENCE.
?
QU'EST-CE QUE VOUS ME RACONTEZ ?
PARDON ?
PARDON...?
VOUS ÊTES EN TRAIN DE VOUS MOQUER DE MOI, N'EST-CE PAS ?

POURQUOI JE ME MOQUERAIS DE VOUS ?
ALORS DITES-MOI JUSTE LA VÉRITÉ.
JUSQU'À PRÉSENT JE VOUS AI DIT LA VÉRITÉ !

NAN YAK
La promesse de l'orchidée

Chapitre
01
NANYAK
La promesse de l'orchidée

HAA...
HAA...
HAA...
HAA...

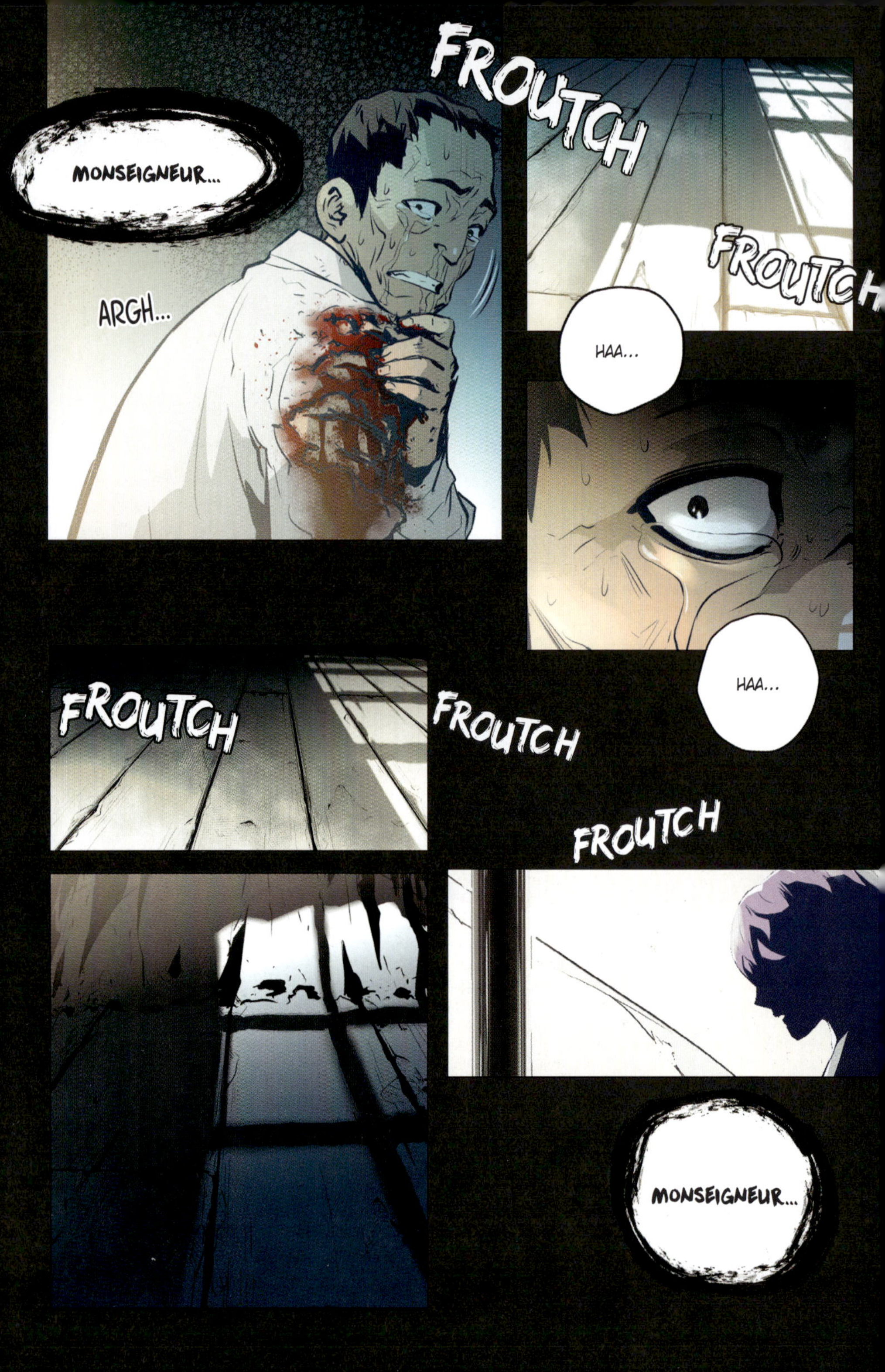
MONSEIGNEUR...
ARGH...
FROUTCH
FROUTCH
HAA...
HAA...
FROUTCH
FROUTCH
FROUTCH
MONSEIGNEUR...

OÙ
ÊTES-VOUS ?

HAA
HAA
MONSEIGNEUR...
...
FROUTCH
OÙ EST-IL PASSÉ ?
CRIC
CRAC
CRAAAAAC

TROUVÉ.

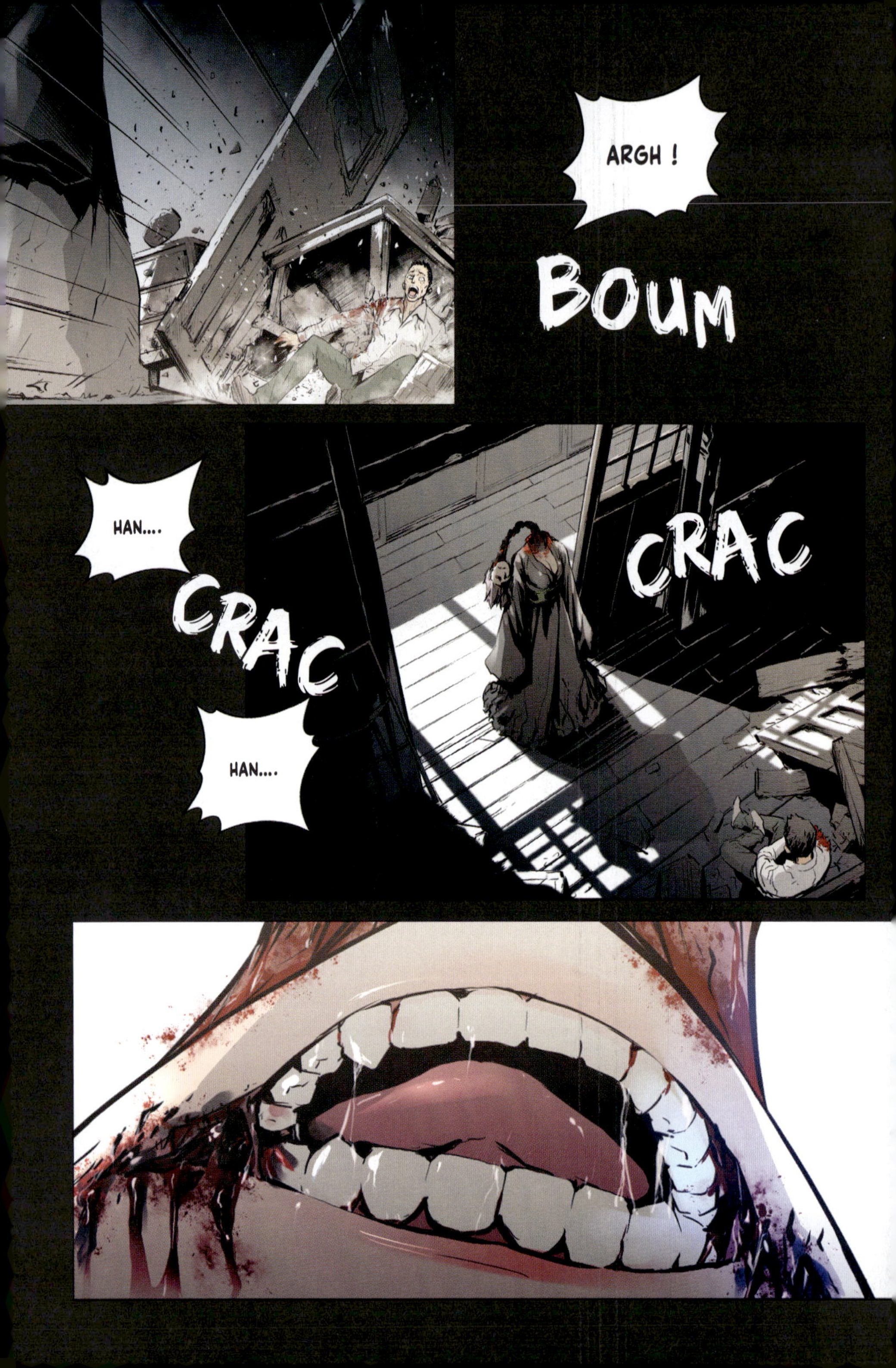
ARGH !
BOUM
HAN....
CRAC
CRAC
HAN....

AAAAAH!

JE VOUS ASSURE AVOIR ENTENDU UN HOMME CRIER...
BROUHAHA
BROUHAHA
ELLE A PERDU LA TÊTE ? POURQUOI ELLE A APPELÉ LA POLICE ?
LA MAMAN DE SI-YOUNG DÉRAILLE ENCORE...
OUI. ELLE RUINE L'AMBIANCE DU QUARTIER...
MADAME, PERSONNE N'HABITE PAR LÀ-BAS. VOUS AVEZ SÛREMENT ENTENDU DES SDF SE BAGARRER.
JE VOUS DIS QUE C'ÉTAIT UN HURLEMENT.

BROUHAHA
C'EST HORS DE NOTRE JURIDICTION. NOUS NE POUVONS PAS ENTRER SANS PERMISSION.
MAIS… QUAND MÊME…
AGENT KIM ! ÇA SUFFIT, RENTRONS AU POSTE !
OUI !
AU FOND, ÇA NE CHANGE RIEN, MADAME.
MADAME, À L'AVENIR, TÂCHEZ DE NE PLUS NOUS IMPORTUNER POUR CELA.
POLICE
N'EMPÊCHE… ON EN EST À COMBIEN ? QUICONQUE Y ENTRE SE VOLATILISE LE JOUR MÊME.
VOUS NE POUVEZ PAS VOUS TAIRE ?
CE SERAIT VRAIMENT L'ŒUVRE D'UN FANTÔME ?
?!
IL NE MANQUERAIT PLUS QUE CETTE RUMEUR DE FANTÔME SE PROPAGE !
PLUS PERSONNE NE VOUDRAIT EMMÉNAGER ICI !

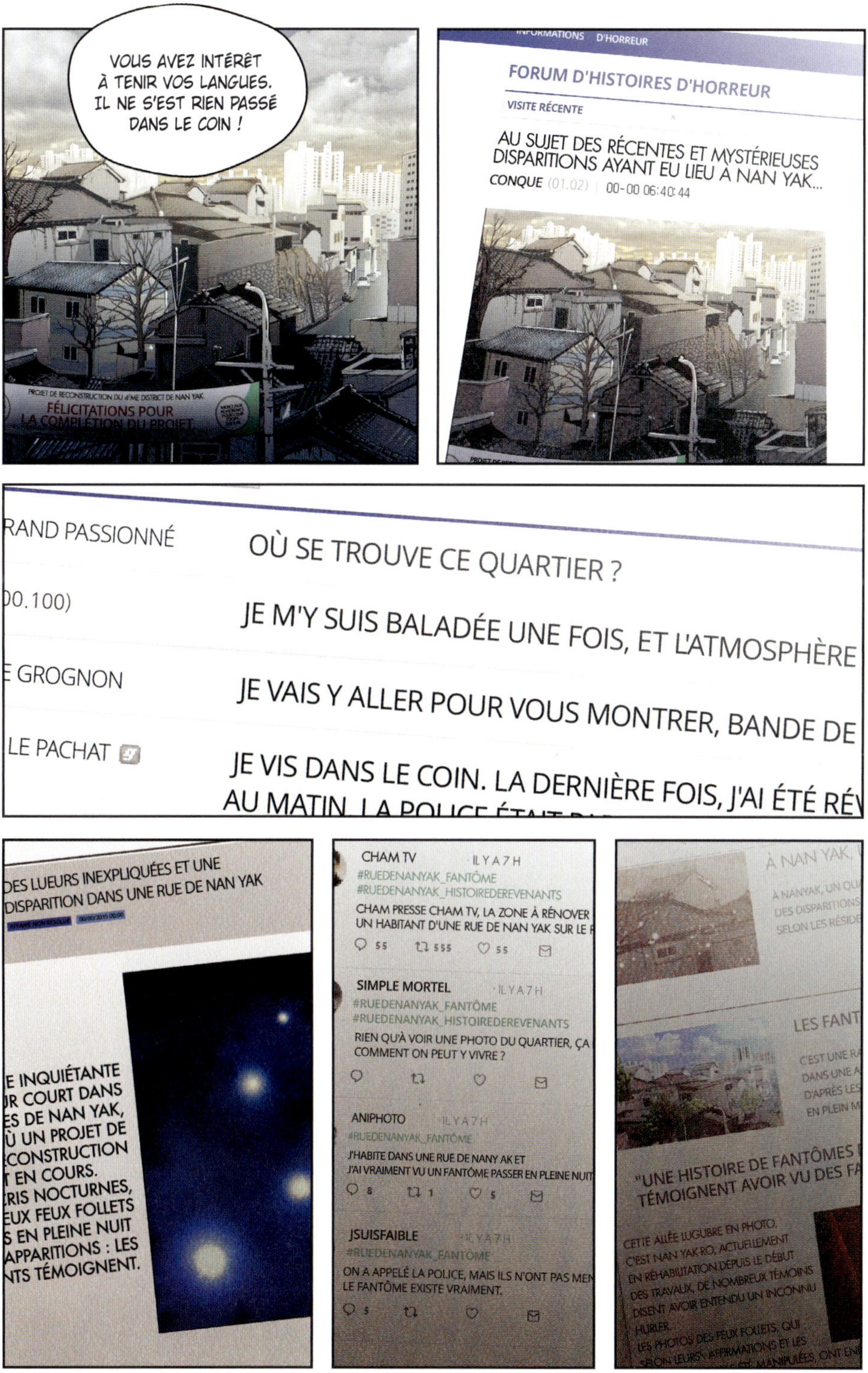
VOUS AVEZ INTÉRÊT À TENIR VOS LANGUES. IL NE S'EST RIEN PASSÉ DANS LE COIN !
PROJET DE RECONSTRUCTION DU 4ÈME DISTRICT DE NAN YAK
FÉLICITATIONS POUR LA COMPLÉTION DU PROJET
INFORMATIONS D'HORREUR
FORUM D'HISTOIRES D'HORREUR
VISITE RÉCENTE
AU SUJET DES RÉCENTES ET MYSTÉRIEUSES DISPARITIONS AYANT EU LIEU À NAN YAK...
CONQUE (01.02) | 00-00 06:40:44
RAND PASSIONNÉ
OÙ SE TROUVE CE QUARTIER ?
)0.100)
JE M'Y SUIS BALADÉE UNE FOIS, ET L'ATMOSPHÈRE
E GROGNON
JE VAIS Y ALLER POUR VOUS MONTRER, BANDE DE
LE PACHAT
JE VIS DANS LE COIN. LA DERNIÈRE FOIS, J'AI ÉTÉ RÉV
AU MATIN, LA POLICE ÉTAIT
DES LUEURS INEXPLIQUÉES ET UNE DISPARITION DANS UNE RUE DE NAN YAK
AFFAIRE NON RÉSOLUE
E INQUIÉTANTE
JR COURT DANS
ES DE NAN YAK,
Ù UN PROJET DE
CONSTRUCTION
T EN COURS.
RIS NOCTURNES,
EUX FEUX FOLLETS
S EN PLEINE NUIT
APPARITIONS : LES
NTS TÉMOIGNENT.
CHAM TV ·ILYA7H
#RUEDENANYAK_FANTÔME
#RUEDENANYAK_HISTOIREDEREVENANTS
CHAM PRESSE CHAM TV, LA ZONE À RÉNOVER
UN HABITANT D'UNE RUE DE NAN YAK SUR LE
55 555 55
SIMPLE MORTEL ·ILYA7H
#RUEDENANYAK_FANTÔME
#RUEDENANYAK_HISTOIREDEREVENANTS
RIEN QU'À VOIR UNE PHOTO DU QUARTIER, ÇA
COMMENT ON PEUT Y VIVRE ?
ANIPHOTO ·ILYA7H
#RUEDENANYAK_FANTÔME
J'HABITE DANS UNE RUE DE NANY AK ET
J'AI VRAIMENT VU UN FANTÔME PASSER EN PLEINE NUIT
8 1 5
JSUISFAIBLE
#RUEDENANYAK_FANTÔME
ON A APPELÉ LA POLICE, MAIS ILS N'ONT PAS MEN
LE FANTÔME EXISTE VRAIMENT.
5
À NAN YAK,
À NANYAK, UN QU
DES DISPARITIONS
SELON LES RÉSIDE
LES FANT
C'EST UNE RA
DANS UNE A
D'APRÈS LES
EN PLEIN M
"UNE HISTOIRE DE FANTÔMES
TÉMOIGNENT AVOIR VU DES FA
CETTE ALLÉE LUGUBRE EN PHOTO,
C'EST NAN YAK RO, ACTUELLEMENT
EN RÉHABILITATION DEPUIS LE DÉBUT
DES TRAVAUX, DE NOMBREUX TÉMOINS
DISENT AVOIR ENTENDU UN INCONNU
HURLER.
LES PHOTOS DES FEUX FOLLETS, QUI
SELON LEURS AFFIRMATIONS ET LES
ÉTÉ MANIPULÉES, ONT EN

VRAIMENT ?
PUISQUE JE VOUS LE DIS.
VOUS Y TROUVEREZ LA PERSONNE QUE VOUS CHERCHEZ. CROYEZ-MOI.
ET VOUS Y RENCONTREREZ LA PERSONNE DE VOTRE DESTINÉE.
HUM...
LE LIEN QUI VOUS UNIT EST PRÉCIEUX. TÂCHEZ DE NE PAS LÂCHER PRISE.
PAYEZ-MOI UN PEU PLUS, ET JE PRIERAI POUR VOTRE RÉUSSITE.
AH, OUI...

À TOUT HASARD, VOUS NE PRENEZ PAS LA CARTE ?
J'AI PAS DE LIQUIDE...
...
HÉ, MONSIEUR YANG.
TOUT Y EST ?
OUI, J'AI TOUT CHARGÉ.
ALORS GRIMPEZ EN VITESSE.
JE VOUDRAIS AVOIR QUITTÉ NANYAK AVANT LA TOMBÉE DE LA NUIT.
VROOOM

AU FAIT, ÇA EN FAIT, DES LIVRES.
VOS MEUBLES, À CÔTÉ, C'EST RIEN. VOUS ÊTES PROF ?
...
NON, PAS DU TOUT.
ALORS VOUS ÊTES UN PAPIVORE ? UN VRAI RAT DE BIBLIOTHÈQUE ?
J'AI PAS LE DROIT D'AVOIR DES LIVRES ?
POURQUOI CHOISIR NANYAK, DE TOUS LES COINS ?
CE QUE JE VEUX DIRE, C'EST QUE VOUS FERIEZ MIEUX D'ÉCONOMISER POUR VOUS TROUVER UN BON LOGEMENT.
VOUS DEVEZ BIEN SAVOIR CE QU'IL EN EST !
...
RÉCEMMENT, UN HOMME S'Y EST VOLATILISÉ.

NE VOUS INQUIÉTEZ PAS POUR ÇA.
À DIRE VRAI, JE NE SUIS PAS HUMAIN.
QUELLE HISTOIRE ! ALORS VOUS ÊTES QUOI ?
UN LUTIN DES LIVRES.
MOUAHHAHA
CRIIIIII
BON, NOUS Y VOILÀ.
LA MAISON HANTÉE DE NANYAK.
SON DERNIER OCCUPANT A PRIS LA FUITE, ET PERSONNE N'Y A VÉCU DEPUIS.

ÇA FICHE LA TROUILLE, HEIN ?
SI VOUS VOULEZ REPARTIR, JE VOUS FERAI UN PRIX.
ÇA IRA. JE VAIS DÉCHARGER MES AFFAIRES.
UNE MAISON HANTÉE, JE VOUS DIS !
VOUS N'AVEZ PAS FROID AUX YEUX.
ÇA ME VA.
APRÈS TOUT, PERSONNE NE VOUS EN EMPÊCHE.
LES FANTÔMES NE S'EN PRENNENT PAS AUX HUMAINS.
BON, SI VOUS VOULEZ BIEN ME PAYER.
DITES, JE PEUX VOUS PAYER PAR CARTE... ?
VOUS AVEZ BEAU ÊTRE UN LUTIN, JE NE PRENDS PAS LA CARTE.
...

120, 160… 160 EUROS… PARFAIT, IL Y A LE COMPTE.
SUR CE, BONNE CONTINUA-TION.
SI VOUS CHANGEZ D'AVIS, N'HÉSITEZ PAS À M'APPELER !
PFF.
QUELLE IDÉE DE VOULOIR VIVRE AVEC DES FANTÔMES ET DES MONSTRES.
HEIN ?
VROOM
HÉ !
ATTENDEZ.
HEIN ?
QUE VENEZ-VOUS DE DIRE ?
HEIN ? QUE JE ME DEMANDAIS POURQUOI VOUS VOULIEZ VIVRE AVEC DES FANTÔMES ?
PAS QUE… CE QUI VENAIT JUSTE APRÈS…
QUOI ? DES MONSTRES ?

?!
VOUS L'IGNORIEZ ?
IL Y A AUSSI DES MONSTRES.
MINCE, LE SOLEIL SE COUCHE.
J'Y VAIS.
IL A BIEN DIT DES MONSTRES ?
...
DES MONSTRES...
OH HÉ ! VOUS ÊTES BIEN YANG JAE-SHIN ?

ÇA ALORS ! VOUS ÊTES EN AVANCE.
MOI QUI M'ÉTAIS PROMIS DE VOUS ATTENDRE DE PIED FERME… VRAIMENT NAVRÉ, JEUNE HOMME.
PAS DE SOUCI PARTICULIER ? TOUT SE PASSE BIEN ?
Ma Bong-pil (le propriétaire)
POUR LE SAVOIR, IL FAUDRAIT DÉJÀ QUE J'Y VIVE.
J'AURAIS SURTOUT UNE QUESTION À VOUS POSER.
AH ?
LA-QUELLE ?
JE SUIS TOUT OUÏE !
CETTE MAISON N'EST VRAIMENT HABI-TÉE QUE PAR DES FANTÔMES ?

QU... QUOI ? C'EST QUOI CETTE HISTOIRE ?
BIEN SÛR QUE NON ! LES FANTÔMES, ÇA N'EXISTE PAS !
FRSH
INUTILE DE LE CACHER.
LA RUMEUR A DÉJÀ FAIT SON CHEMIN SUR LES FORUMS.
AUJOURD'HUI, JE VOUS PROPOSE DE DÉCOUVRIR LA RUE DE NAN YAK, OÙ LA RUMEUR COURT QU'IL Y AURAIT DES FANTÔMES.
JE SUIS PARTIE ME RENSEIGNER SUR LA MAISON HANTÉE DE NAN YAK. LA SUITE AU PROCHAIN ARTICLE.
CETTE MAISON SERAIT HANTÉE.
AH... NON... DU TOUT... QUELLE HISTOIRE.
IL Y A ERREUR.
CE SONT DE FAUSSES RUMEURS. VRAIMENT.
IL N'Y A BIEN QUE DES FANTÔMES ?
IL N'Y A PAS...
DE MONSTRES, SI ?
COMMENT VOUS SAVEZ...
HIC !

...
BIEN... BIEN SÛR QUE NON !
IL N'Y A QUE DES FANTÔMES ! JE VOUS JURE !!
...
GLOUPS
ÇA VEUT DIRE TOUT LE CONTRAIRE
PEUT-ÊTRE QUE JE DEVRAIS REPARTIR ? MAIS J'AI TOUT EMBARQUÉ AVEC MOI. ET JE SUIS À SEC.
ÉCOUTEZ, JAE-SHIN. LA NUIT TOMBE ET LES MONST...
PARDON... ET J'AI ENCORE DES CHOSES À FAIRE À LA MAISON.
J'AI...
C'ÉTAIT JUSTE UN TEST...
UN MAUVAIS PRESSENTIMENT.
ÇA NE ME LÂCHE PLUS DEPUIS QU'IL A CONFIRMÉ QU'IL Y AVAIT BIEN UN FANTÔME.
!!
!!

STAP
!!
HEIN ?
ILS AGISSENT AINSI PARCE QUE J'EMMÉNAGE ICI ?
ILS SEMBLENT SAVOIR QUELQUE CHOSE...
JE VEUX LEUR POSER DES QUESTIONS.
BON, ON SIGNE LE CONTRAT ?
OUI. POUR LE LOYER, CE SERA PAR...
SCHLACK

...
FIOUU !
BON SANG. MÊME LES MAISONS HANTÉES N'ACCEPTENT PAS LA CARTE...
C'EST POURTANT UN VRAI CASSE-TÊTE DE DEVOIR CALCULER LES IMPÔTS QUAND ON PAIE EN LIQUIDE...
PAF
J'AI PRESQUE FINI DE RANGER...

...
C'EST SYMPA D'AVOIR DE L'ESPACE.
DIRE QUE JE NE PAIE QUE 400 EUROS POUR ÇA...
À CE PRIX, JE ME FICHE QU'IL Y AIT DES FANTÔ...
VOUS L'IGNORIEZ ? IL Y A AUSSI DES MONSTRES.
O O O
EST-CE QU'IL DISAIT VRAI...? IL Y AURAIT UN... UN... MONSTRE...
NON. À FORCE DE ME LE RÉPÉTER, ÇA POURRAIT DEVENIR VRAI. MIEUX VAUT OUBLIER ÇA.
FRRSH
TAC
TAC
JE DEVRAIS QUAND MÊME VÉRIFIER, JUSTE AU CAS OÙ.

AU MOINDRE TRUC LOUCHE, JE DÉGAGE EN VITESSE !
TAC
TAC
TRRRRR
DES ESCALIERS ?
IL Y A UN ÉTAGE ?
CRAC

?!
ÇA FAIT LONGTEMPS QU'ELLE N'A PAS ÉTÉ UTILISÉE.
C'EST UNE MANSARDE...
L'ANCIEN PROPRIO NE S'EN EST JAMAIS SERVI ?
!!
C'EST QUOI, CE TRUC ?
UN TUYAU ?

GRRRRRRRRR
LA MARQUE !
LE SORTILÈGE...
JE VAIS ÊTRE MAUDIT !
!!
POURQUOI J'AI MAL AU POIGNET ?
FROU
ALORS... CE SERAIT VRAIMENT UN SORTILÈGE ?
JE DEVRAIS PEUT-ÊTRE PARTIR, NON ?

NON. J'AI MÊME DÉJÀ PAYÉ LE DÉMÉNAGEUR.
CRAC
CRAC
JE N'AI MÊME PLUS DE QUOI PAYER LE LOYER.
....
TCHAC
ALLEZ, HAUT LES CŒURS.
CE N'EST PAS QUE POUR UNE QUESTION DE LOYER QUE J'AI EMMÉNAGÉ ICI.
À Y REGARDER DE PLUS PRÈS, IL Y A UN GRAND JARDIN.
ET SI ON LE REGARDE EN DÉTAIL...
GZZZ
CROA
CROA

...
JE FERAIS PEUT-ÊTRE MIEUX D'ATTENDRE QU'IL FASSE JOUR.
ET MERDE.
DING

DING
DING

TIC TAC
TIC TAC
TIC TAC
TIC TAC

HAA...
HA HA !
STAP
J'AI BIEN DÛ DORMIR 4 HEURES. L'AUBE DEVRAIT DÉJÀ POINDRE, NON ?
ALORS POURQUOI IL NE FAIT PAS ENCORE JOUR ?
TAP
...
À PEINE 15 MINUTES ONT PASSÉ.
ARGH
BON SANG. C'EST ENCORE PIRE QUE D'ATTENDRE LES RÉSULTATS DU LOTO. CE JOUR N'EN FINIT PAS.
ET SI JE FAISAIS UNE NUIT BLANCHE ET QUE JE FINISSAIS DE RANGER ?
NON, POURQUOI JE FERAIS DEUX TRUCS PÉNIBLES EN MÊME TEMPS ?
J'ABAN-DONNE.
30 MINUTES PLUS TARD.

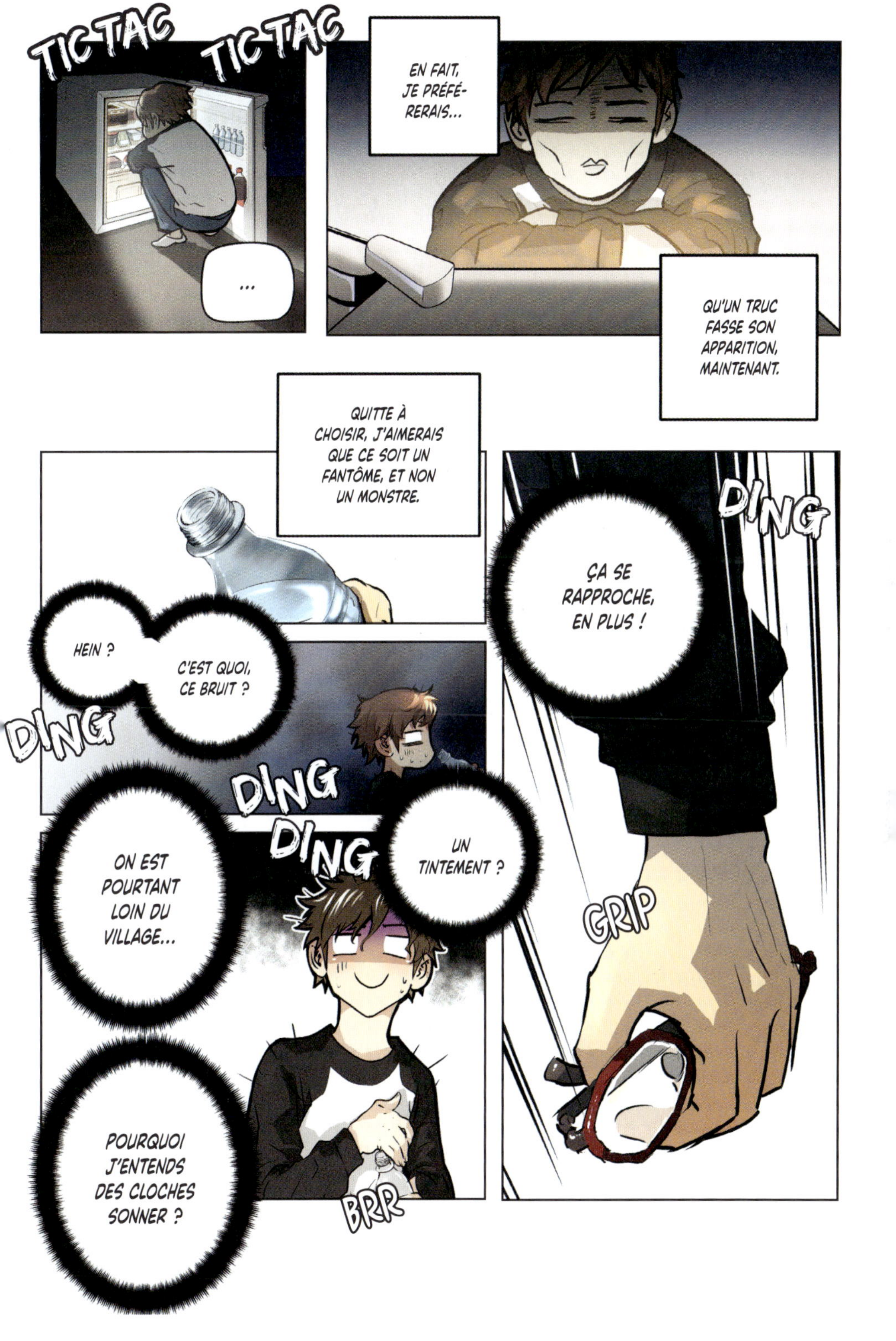
TIC TAC TIC TAC
...
EN FAIT, JE PRÉFÉRERAIS...
QU'UN TRUC FASSE SON APPARITION, MAINTENANT.
QUITTE À CHOISIR, J'AIMERAIS QUE CE SOIT UN FANTÔME, ET NON UN MONSTRE.
HEIN ?
C'EST QUOI, CE BRUIT ?
DING
DING
DING
UN TINTEMENT ?
ON EST POURTANT LOIN DU VILLAGE...
POURQUOI J'ENTENDS DES CLOCHES SONNER ?
BRR
DING
ÇA SE RAPPROCHE, EN PLUS !
GRIP

TAP
TAP
TAP
FROUTCH
DES GENS...?
DING
DING

BIZARRE. UN ÉVÉNEMENT, À CETTE HEURE-CI ?
OU BIEN...
GRIP
...
FROUTCH

JE ME DISAIS BIEN !

CE SONT DES
MONSTRES.

COMME C'EST ÉTRANGE.
TU...
ET POURTANT, TU PERÇOIS MA FORME ORIGINELLE.
SEMBLES ÊTRE HUMAIN.

ES-TU UN ÊTRE HUMAIN, OU UN MONSTRE ?
SI TU ES UN HUMAIN, JE TE TUERAI.
RÉPONDS-MOI.

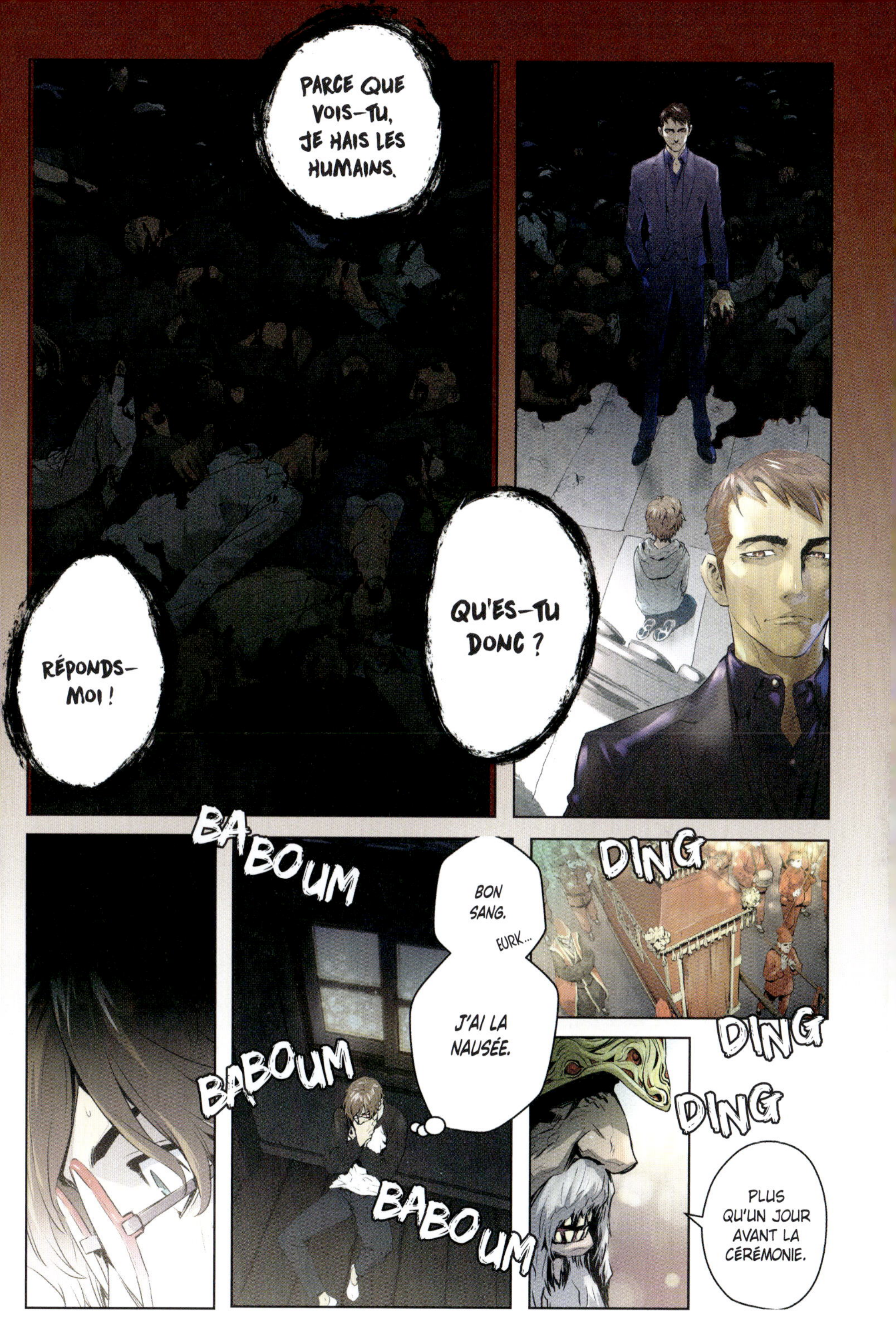
PARCE QUE VOIS-TU, JE HAIS LES HUMAINS.
QU'ES-TU DONC ?
RÉPONDS-MOI !
BABOUM
BABOUM
BABOUM
BON SANG.
EURK...
J'AI LA NAUSÉE.
DING
DING
DING
PLUS QU'UN JOUR AVANT LA CÉRÉMONIE.

N'ENCOMBRE PAS TON ESPRIT DE PENSÉES FUTILES.
DING
OÙ QUE TU AILLES, TU N'ÉCHAPPERAS PAS AU SEIGNEUR GEUM-KWAN.
DING
AS-TU BIEN COMPRIS, SO-CHEON ?
DING
...
JE VOIS.
JE RETROUVE MON CALME.
PFIOU
QUE FAIRE ?
BABOUM
BABOUM
JE NE M'ATTENDAIS PAS À EN VOIR AUTANT.

*NDT : APPARITION SPECTRALE, SOUVENT SINISTRE, PROVENANT DU FOLKLORE CORÉEN. NOMMÉ YŌKAI DANS LE FOLKLORE JAPONAIS.

ILS NE VONT QUAND MÊME PAS ENTRER ICI ?
FROUTCH
?!
IMPOSSIBLE. J'AI FERMÉ LA PORTE À CLÉ, ELLE N'AURAIT PAS PU ENTRER !
UNE PERSONNE ?

UN FANTÔME ALORS...?
FROUTCH
FROUTCH
NON...
FROUTCH
UN FANTÔME NE FERAIT PAS CE BRUIT.
ALORS ÇA NE PEUT ÊTRE QU'UN...
SSHHH
ARGH !
ELLE M'A VU !!
DU CALME. JE ME FAIS SÛREMENT DES IDÉES.

IMPOSSIBLE...!
MONSEIGNEUR...
BRR
SEIGNEUR.
CRAC
MONSEIGNEUR...

NAN YAK
La promesse de l'orchidée

Chapitre
02
NAN YAK
La promesse de l'orchidée

MONSEIGNEUR...
JE SUIS FOUTU !
FSCHUIIII
TAP
TAP
TAP
TAP

BADABOUM
HAN…
HAN…
CE N'EST PAS UN FANTÔME…
HAN…
FROUTCH
FROUTCH
HAN…
BON SANG.
FROUTCH

MON-SEIGNEUR...
C'EST UN YOGOE.
FROUTCH

MON-
SEIGNEUR...
MONSEIGNEUR ?
MAIS QUI APPELLE-
T-ELLE ?
OH ?
?!
IL Y A
QUELQUE CHOSE
SOUS SA ROBE.
FRRSH
IL FAIT TROP
SOMBRE
POUR EN VOIR
PLUS.
GLOUP
FAI... FAISONS
PREUVE DE
CALME.

COMME D'HABITUDE !
DITES... VOTRE COU EST VRAIMENT LONG. VOUS ME DITES QUELQUE CHOSE...
SE SERAIT-ON DÉJÀ CROISÉS...
FROUTCH
FSCHUIII
!!

ELLE S'EN FICHE COMPLÈTEMENT !
BORDEL, C'EST PEINE PERDUE !
MON-SEIGNEUR
BON. REGAGNONS LE REZ-DE-CHAUSSÉE EN VITESSE.
PAF
ARGH !
ELLE... ELLE EST TROP...

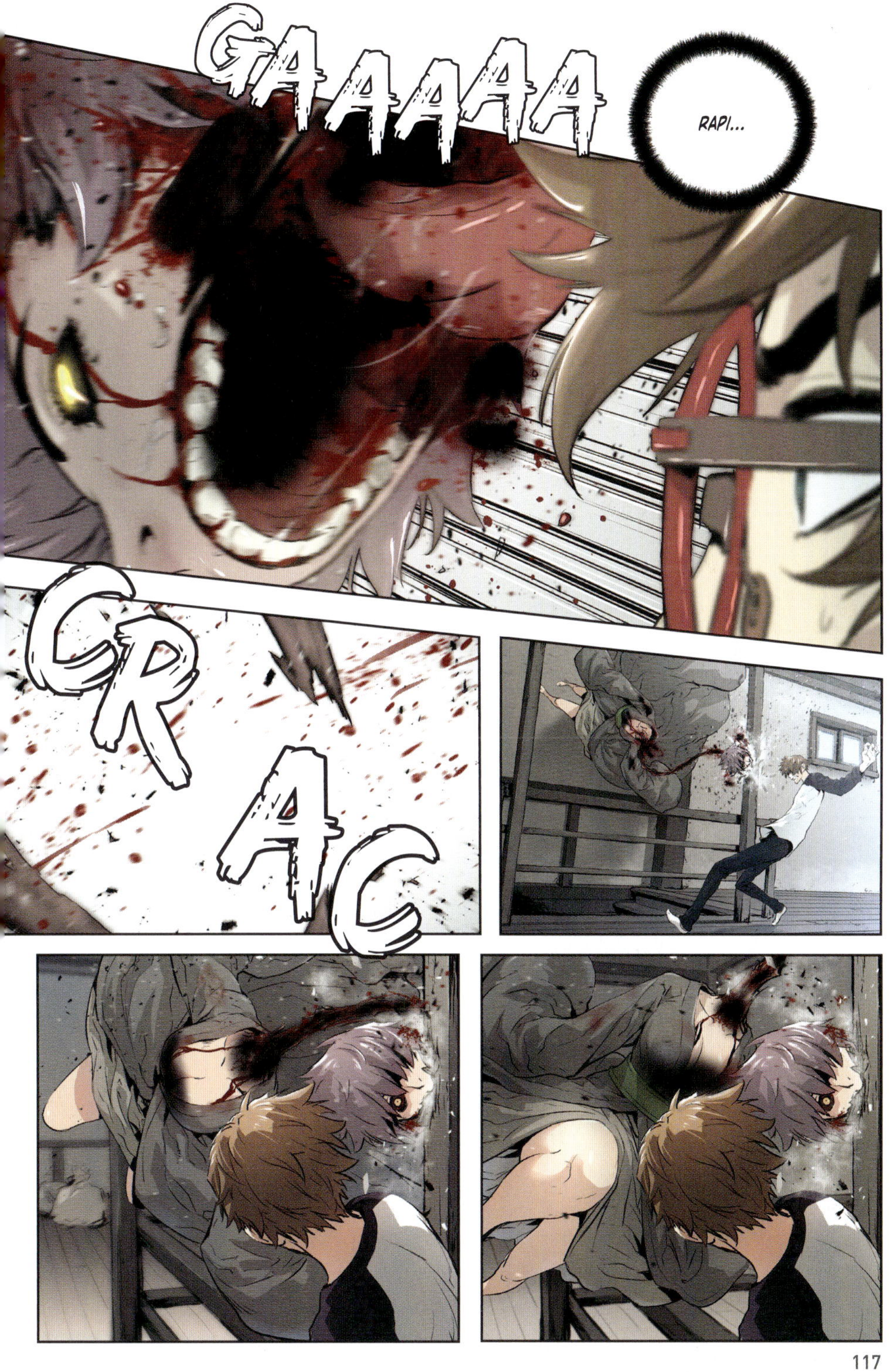
GAAAAA
RAPI...
CRAC

PAF
ARGH !
BADABOUM
AAAAH !

VLAM
AARGH... GUH...
MON-SEIGNEUR...
MON-SEIGNEUR.

J'AI... J'AI AUCUN MOYEN DE M'ÉCHAPPER.
À... À L'AIDE...
FSCHUIIII
VROOOO
KIIIIIEK
KIIIIIEK

KIIIIIEK !
?!
QU'EST-CE QUI S'EST PASSÉ ?
STAP
TAP
TAP
KIIIII !
JE NE COMPRENDS PAS.
TAP
TAP
TAP
COMMENÇONS DÉJÀ PAR SORTIR D'ICI.
TAP TAP TAP

DING
DING
STOP
DING
DING
DING
...
AH...
POF
J'AVAIS OUBLIÉ. DEHORS AUSSI, IL Y A DES YOGOE.

DING
MAIS QU'EST-CE QUE JE SUIS VENU FAIRE ICI ?
JE M'EN VAIS DÈS QU'IL FERA JOUR.
ÇA SERT À RIEN DE MOURIR ICI.

DEMAIN, CE SERA UN JOUR DE PLEINE LUNE.
蘭若寺
NOUS DEVRIONS ÊTRE EN MESURE DE MENER À BIEN CE RITE.
TU VAS REPRÉSENTER NOTRE CLAN ET DEVENIR L'ÉPOUSE DU SEIGNEUR GEUM-KWAN.
IL Y A DE QUOI SE RÉJOUIR.

LE SEIGNEUR GEUM-KWAN TIRE SON SAVOIR DES ÂMES QU'IL A RÉUNIES.
ASSURE-TOI DE BIEN L'ASSISTER AFIN QUE NOTRE CLAN PUISSE AUSSI PROFITER DE CES CONNAISSANCES.
VOIS CELA COMME UN HONNEUR, SO-CHEON.
AU NOM DE TOUS, JE TE REMERCIE.
ACCOMPLIS TA TÂCHE AVANT LA PLEINE LUNE.
TROUVE UN AUTRE HUMAIN À SACRIFIER EN L'HONNEUR DU SEIGNEUR GEUM-KWAN.
PLUS QU'UN JOUR...

IL NE RESTE QUE PEU DE TEMPS AVANT LE MARIAGE.
VOTRE APPEL NE PEUT ABOUTIR DANS CETTE ZONE.
VEUILLEZ LE RÉITÉRER DEPUIS UNE ZONE DESSERVIE.
FAIT LES CENT PAS...
ARGH...
C'EST PAS VRAI.
VOTRE APPEL NE PEUT ABOUTIR DANS CETTE ZONE. VEUILLEZ LE RÉITÉRER DEPUIS UNE ZONE DESSERVIE.
CONFIRMER
ÇA FONCTIONNAIT POURTANT BIEN, CE MATIN.
ON NE PEUT MÊME PAS APPELER D'ICI LA NUIT ?
FOUTU PROPRIO !
HAA...
BON SANG, C'EST PAS VRAI.
POF

JE N'AURAIS PAS DÛ SUPPOSER QU'IL NE S'AGIRAIT QUE DE FANTÔMES.
MAIS...
DES APPARITIONS DANS LA RUE DE NAN YAK]
LE 00/00, M. X, L'OCCUPANT D'UNE MAISON DU 4ÈME ARRONDISSEMENT DE NAN YAK S'EST VOLATILISÉ. LA POLICE A D'ABORD TRAITÉ CET INCIDENT COMME UNE SIMPLE DISPARITION, MAIS LES TÉMOIGNAGES DES RÉSIDENTS DU QUARTIER SUGGÉRANT QUE CELLE-CI SERAIT DU FAIT D'UN FANTÔME ALIMENTENT LA CONTROVERSE.
[DISPARITION D'UNE YOUTUBEUS

À VRAI DIRE, JE PENSAIS POUVOIR LA CROISER EN VENANT ICI...
MÊME SI C'EST UN FANTÔME, J'ESPÉRAIS LA RENCONTRER.
J'AI ACCOURU ICI AUSSITÔT QUE J'AI EU VENT DE TOUT ÇA.
MAIS LA MÉFIANCE DES HABITANTS A RETARDÉ MA VENUE DE PLUSIEURS MOIS.
D'OÙ VENEZ-VOUS ?
PARTEZ.

MINUTE... J'AI L'IMPRESSION QU'IL ME MANQUE QUELQ...
BON SANG !
MAIS JE NE M'ATTENDAIS PAS À TOMBER SUR UNE TANIÈRE DE YOGOE !
OUI !
MES LUNETTES !
JE NE PEUX PAS ME PERMETTRE DE LES PERDRE.
QUE FAIRE ?
SSSHHH
FSSH
FSSH

LÀ-BAS !
OUF, ELLES SONT INTACTES.
POC
!!

?!
C'EST QUOI ?
UN FRAGMENT DE PIERRE ?
?!
VOOOUH
FSSH
GLOUPS

?!
J'AI POURTANT BIEN SENTI QUELQUE CHOSE.
OH

GLOUP
CETTE ÉNERGIE...
VIENDRAIT DE CE TRUC ?

CRAAC
!!
HEIN ?
C'EST BIEN PLUS LÉGER QUE ÇA EN AL'AIR.
J'AI BEAU LE REGARDER, JE NE VOIS QU'UN VULGAIRE BÂTON ÉMOUSSÉ.
POURQUOI LE YOGOE A PRIS LA FUITE EN VOYANT CE TRUC ?
SWIP
OH.

BOUM
?
BOUM ?
STAP
TAC
BOUM

????????
????????
C'EST QUOI, CE TRUC ?
...
HA... HA HA.
EUH...
LA MASSE DE CE TRUC DÉFIE LES LOIS DE LA PHYSIQUE...
BON, GARDONS-LE, POUR L'INSTANT.

Chapitre
03
LIGNE 3
NANYAK
La promesse de l'orchidée

AU MATIN
PARDON ?
POURQUOI IL N'EST PAS POSSIBLE DE DÉMÉNAGER AUJOURD'HUI ?
JE VOUS AVAIS DIT QUE J'AVAIS QUELQUE CHOSE DE PRÉVU AUJOURD'HUI !
COMBIEN DE FOIS DOIS-JE VOUS RÉPÉTER QUE JE TRAVAILLE AILLEURS.
VOUS POURRIEZ VENIR À N'IMPORTE QUELLE HEURE, JE VOUS SUPPLIE DE VENIR AUJOURD'HUI, S'IL VOUS PLAÎT.
BON SANG, C'EST IMPOS-SIBLE.
JE NE VAIS JAMAIS LÀ-BAS APRÈS LA TOMBÉE DE LA NUIT.
AH ! MONSIEUR !
LAISSEZ TOMBER. J'Y VAIS APRÈS-DEMAIN.
VOUS AVIEZ REFUSÉ QUAND JE VOUS AVAIS PROPOSÉ DE RENTRER POUR PAS CHER, C'EST TROP TARD MAINTENANT.
MONSIEUR ! S'IL VOUS PLAÎT ! NON ?
JE N'Y PEUX RIEN. À APRÈS-DEMAIN, MONSIEUR LE LUTIN.
N'OUBLIEZ PAS QU'IL FAUT PAYER EN LIQUIDE.

JE VAIS RACCROCHER.
HEIN ?
TUT TUT
TUT TUT TUT
AT... ATTENDS...
BON SANG, C'EST PAS VRAI...
JE PEUX MÊME PAS APPELER UNE AUTRE ENTREPRISE, JE SUIS À SEC.
UGH !
IL.. IL N'EST PAS MORT ?
HUP
VOUS SAVIEZ DÉJÀ QU'IL Y AVAIT DES YOGOE ICI.
TAP
TAP
QU'EST-CE QUE VOUS FAITES LÀ ?!
WIP
WIP
ATTENDEZ, CETTE BLESSURE ICI...

VOUS AVEZ VRAIMENT BATTU LES MONSTRES ?
IL M'A IGNORÉ !
OH LÀ LÀ ! MONSIEUR LE MAGICIEN, VEUILLEZ HABITER ICI TRÈS LONGTEMPS.
BIEN SÛR QUE NON. JE DÉMÉNAGE DEMAIN.
JE NE SUIS PAS NON PLUS UN MAGICIEN.
MONSIEUR LE MAGICIEN, J'AI UNE FAVEUR À VOUS DEMANDER.
NON. JE PEUX PAS.
SI VOUS RÉSOLVEZ CE PROBLÈME, JE VOUS DONNERAI 10 000 EUROS.
J'EN AI PAS BESOIN.
ALORS TROIS FOIS PLUS.
...
C'EST BEAUCOUP TROP D'ARGENT POUR NE PAS L'ÉCOUTER.
BON... ÉCOUTONS POUR VOIR.
EN FAIT, IL Y A UN TEMPLE QUI S'APPELLE "NANYAK" SUR LA COLLINE.
UN TEMPLE ?
COMME IL EST ABANDONNÉ DEPUIS UN MOMENT DÉJÀ, CE N'EST PLUS VRAIMENT UN TEMPLE.
VOILÀ... DEPUIS ASSEZ LONGTEMPS, LES GENS Y DISPARAISSENT.

LA POLICE NE S'EN PRÉOCCUPE PAS CAR IL N'Y A QUE DES MAISONS ABANDONNÉES ET C'EST UN QUARTIER EN COURS DE RECONSTRUCTION.
DE PLUS, LA PLUPART DES DISPARUS SONT DES SDF.
ALORS, LA RUMEUR S'EST RÉPANDUE SUR LE NET...
[DES APPARITIONS]
TOUS LES PROPRIÉTAIRES ICI SONT SENSIBLES AUX PRIX DES MAISONS.
HIER AUSSI, MONSIEUR KIM A DIT QU'IL AVAIT ENTENDU DU BOUCAN PRÈS D'ICI.
CHAQUE JOUR OÙ CELA EST ARRIVÉ, QUELQU'UN A DISPARU.
J'ÉTAIS VENU POUR VÉRIFIER...

EN RÉFLÉCHISSANT, J'AI ENTENDU PARLER DE QUELQU'UN QUI AVAIT SURVÉCU ICI COMME VOUS.
IL A DIT QU'IL AVAIT VU UN FANTÔME AU TEMPLE NANYAK.
LE FANTÔME ÉTAIT UNE FEMME AVEC DE LONGS CHEVEUX ET QUI PORTAIT UNE TENUE ORIGINALE.
HEIN ?
AH LÀ LÀ, À Y RÉFLÉCHIR, C'EST SÛREMENT UN FANTÔME, N'EST-CE PAS ?
ALORS, VOUS VOYEZ BIEN QUE VOUS DEVEZ CHASSER LE FANTÔME, MONSIEUR LE MAGICIEN !
MAIS NON, POURQUOI MOI ?
JE VOUS FAIS CONFIANCE !
D'ACCORD ?
IL NE M'ÉCOUTE PAS DU TOUT !

UNE FILLE...
AVEC DE LONGS CHEVEUX...
ET UNE TENUE ORIGINALE...
...
QUE FAIRE...?

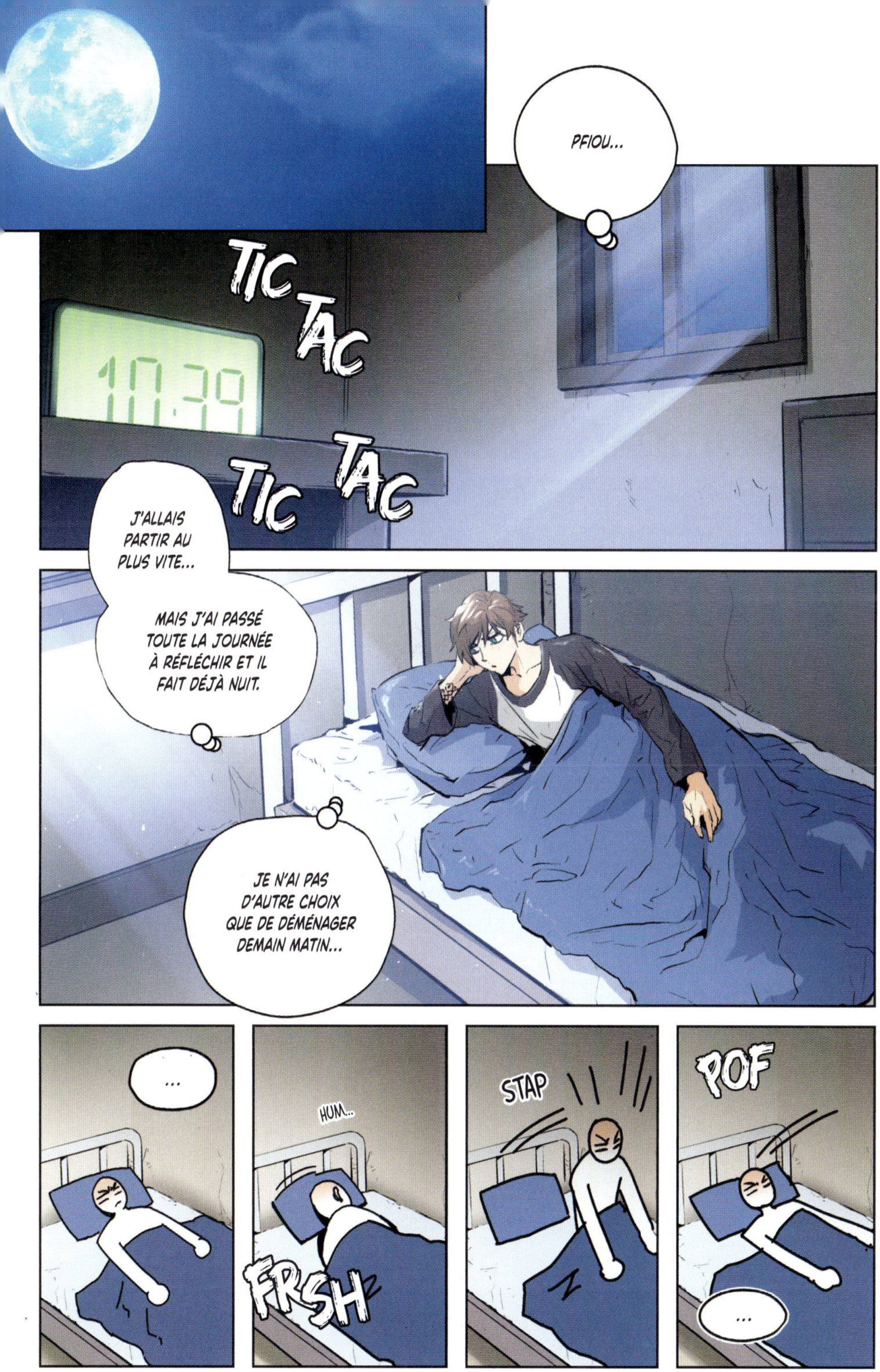
PFIOU...
TIC TAC
TIC TAC
J'ALLAIS PARTIR AU PLUS VITE...
MAIS J'AI PASSÉ TOUTE LA JOURNÉE À RÉFLÉCHIR ET IL FAIT DÉJÀ NUIT.
JE N'AI PAS D'AUTRE CHOIX QUE DE DÉMÉNAGER DEMAIN MATIN...
...
HUM...
FRSH
STAP
POF
...

UN PEU
PLUS TARD.
HUM...
...
BON... JE PEUX
SORTIR D'ICI
DEMAIN.
ALLER AU TEMPLE
NE ME GARANTIT
PAS FORCÉMENT
DE TROUVER LE
FANTÔME.
DE PLUS,
SI JAMAIS JE REN-
CONTRE DE NOUVEAU
UN YOGOE COMME
HIER, JE VAIS
MOURIR LÀ-BAS.

BON, JE VAIS RESTER JUSTE UNE DEMI-JOURNÉE ICI ET PUIS JE PARTIRAI.
JE N'AI MÊME PAS D'ARME POUR COMBATTRE LES YOGOE...
STAP
BOUM
CRIII

JE VAIS JUSTE JETER UN COUP D'ŒIL.
RIEN NE VA M'ARRIVER.

FROUTCH
FROUTCH
...
EST-CE QUE CE SERA VRAIMENT ELLE ?

SI ELLE APPARAÎT TOUJOURS DANS MES RÊVES...
DANS LE BUT DE ME CHOISIR EN TANT QUE SACRIFICE, JE FAIS QUOI ?
C'EST BIZARRE.
IL ME SEMBLAIT QUE LE TEMPLE ÉTAIT DERRIÈRE CETTE COLLINE...
J'AI PAS MAL MARCHÉ MAIS JE NE VOIS PAS ENCORE LE TEMPLE NANYAK.
JE SUIS DÉJA PASSÉ PAR CETTE RUELLE.

J'AI L'IMPRESSION QUE
JE REVIENS TOUJOURS
AU POINT DE DÉPART.
?!

MON DIEU.
C'EST LE MÊME BÂTIMENT QUE J'AI VU SUR LA PEINTURE.
CRIII
ARGH !
LA PORTE S'OUVRE TOUTE SEULE ?

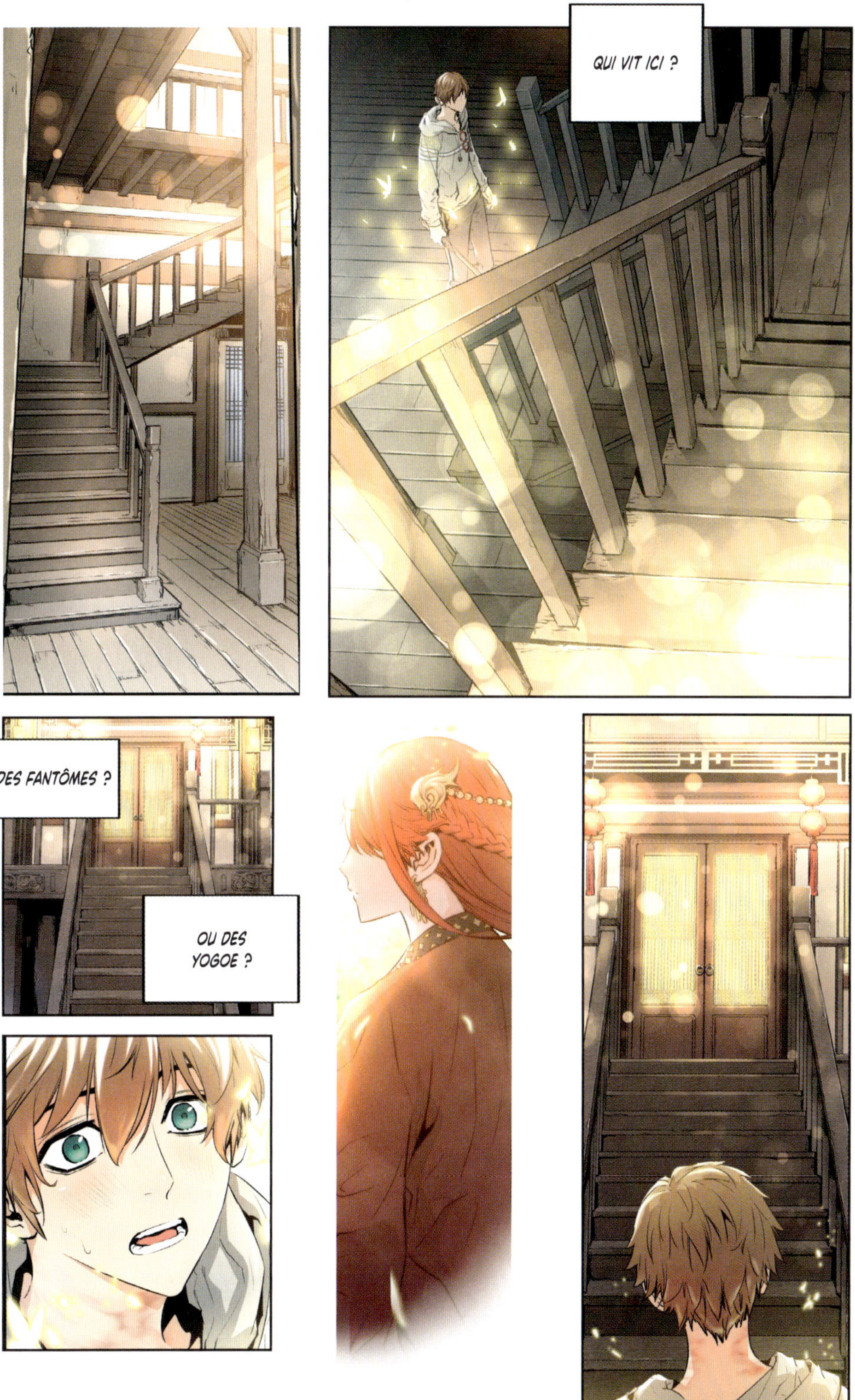
QUI VIT ICI ?
DES FANTÔMES ?
OU DES YOGOE ?

CLAAAC

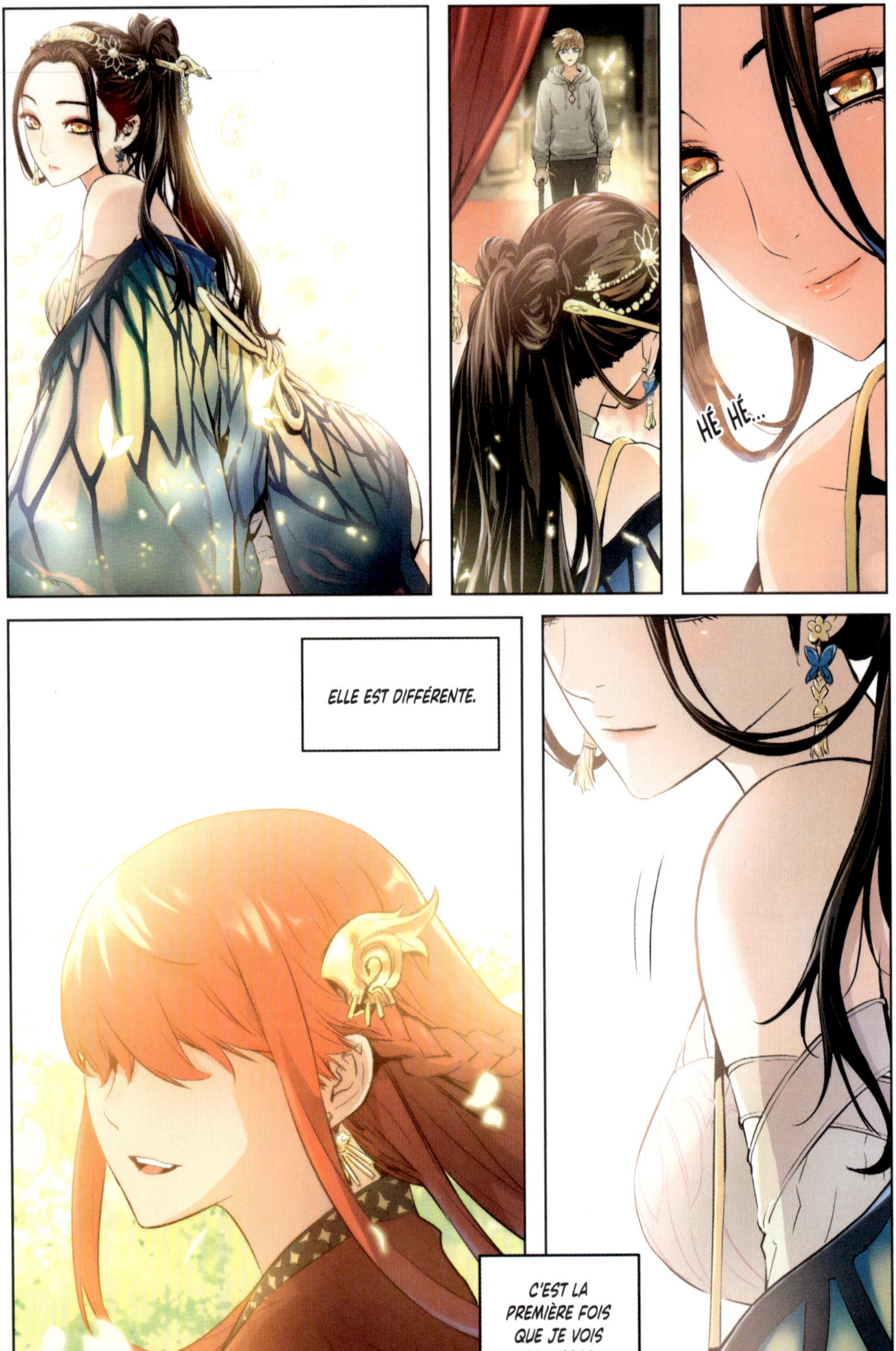
HÉ HÉ...
ELLE EST DIFFÉRENTE.
C'EST LA PREMIÈRE FOIS QUE JE VOIS CE VISAGE.

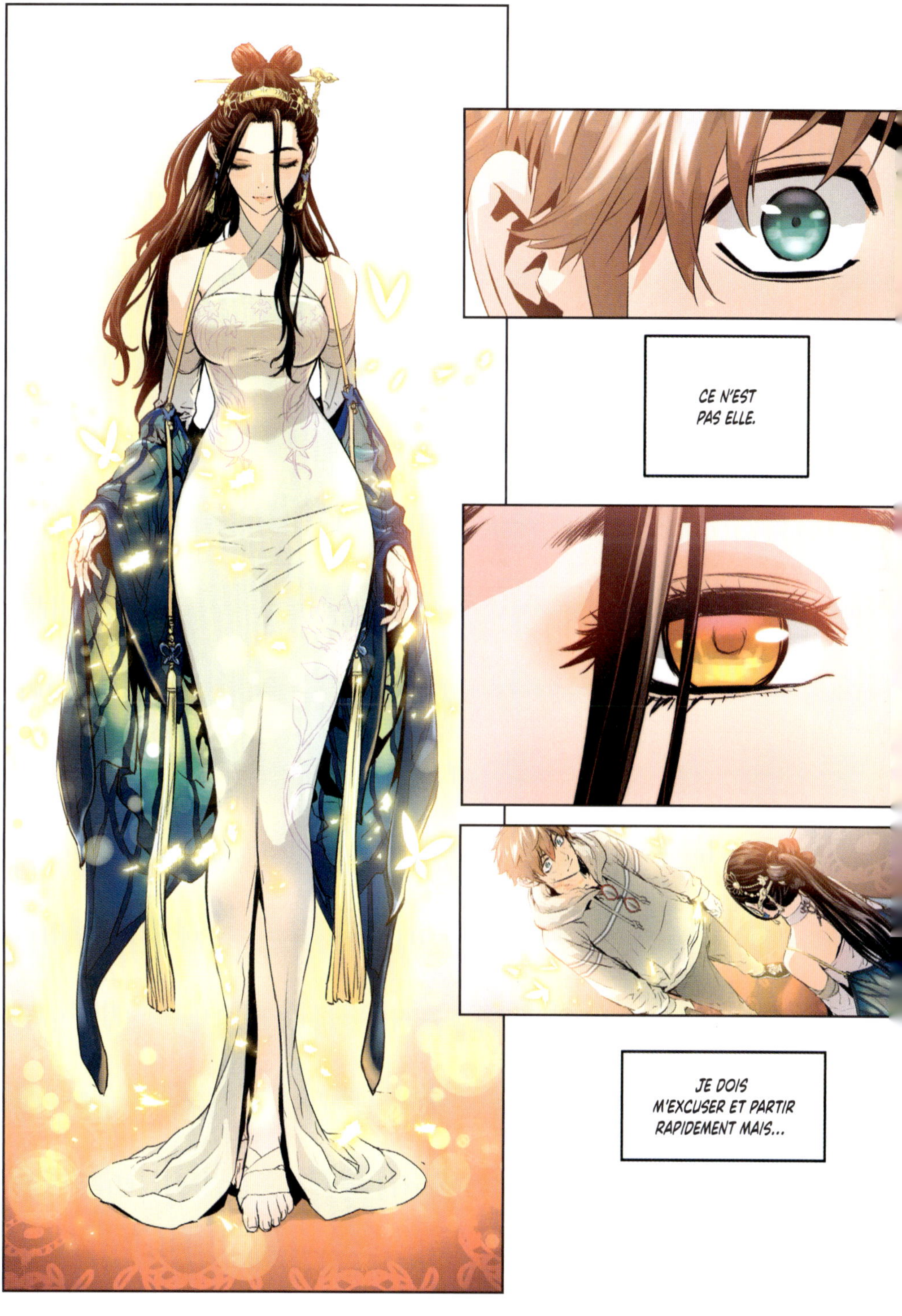
CE N'EST
PAS ELLE.
JE DOIS
M'EXCUSER ET PARTIR
RAPIDEMENT MAIS...

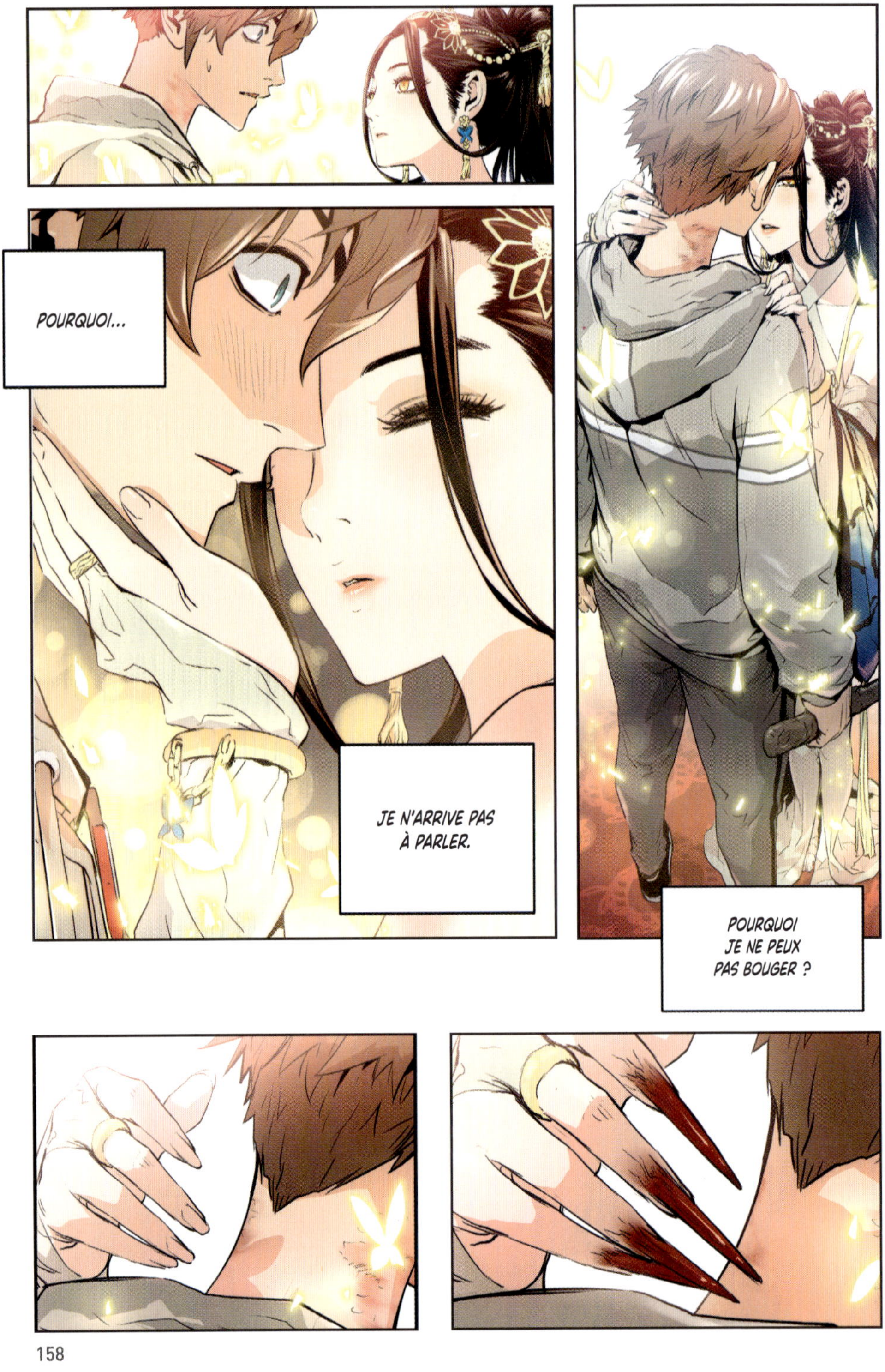
POURQUOI...
JE N'ARRIVE PAS À PARLER.
POURQUOI JE NE PEUX PAS BOUGER ?

POF
DRRR
TAP
DRRRRR
GLOUPS
?!
QU'EST-CE
QUE C'EST ?

IL A UNE AURA IMPRES-SIONNANTE.
C'EST UN EXORCISTE ?
PFIOU
QUI ES-TU ?
POURQUOI TU ES VENU ICI ?
ARGH !
AH, JE SUIS DÉSOLÉ D'ÊTRE ENTRÉ ICI SANS PERMISSION.
JE SUIS...
FRRSH
GH...
FRRSH

MON-
SEIGNEUR.
CE BRUIT
EST...
FRRSH
MON-
SEIGNEUR.
MON-
SEIGNEUR.
WIP

C'EST ELLE !!
TCHAC
ELLE M'A VRAIMENT SUIVI...
JE SUIS DÉSOLÉ...
JE PENSE QU'ELLE M'A SUIVI. JE VAIS LA FAIRE SORTIR.
QUOI ?
QU'EST-CE QU'IL A ?
IL N'EST PAS VENU POUR M'ATTRAPER ?

NAN YAK
La promesse de l'orchidée

Chapitre
04
NAN YAK
La promesse de l'orchidée

UN HOMME SUSPECT QUI A UNE ARME AUX POUVOIRS INCROYABLES.
JE VAIS LA FAIRE SORTIR.
L'HOMME QUI A DIT ÇA...
AAAAH !
AT... ATTENDS !
AAARGH !

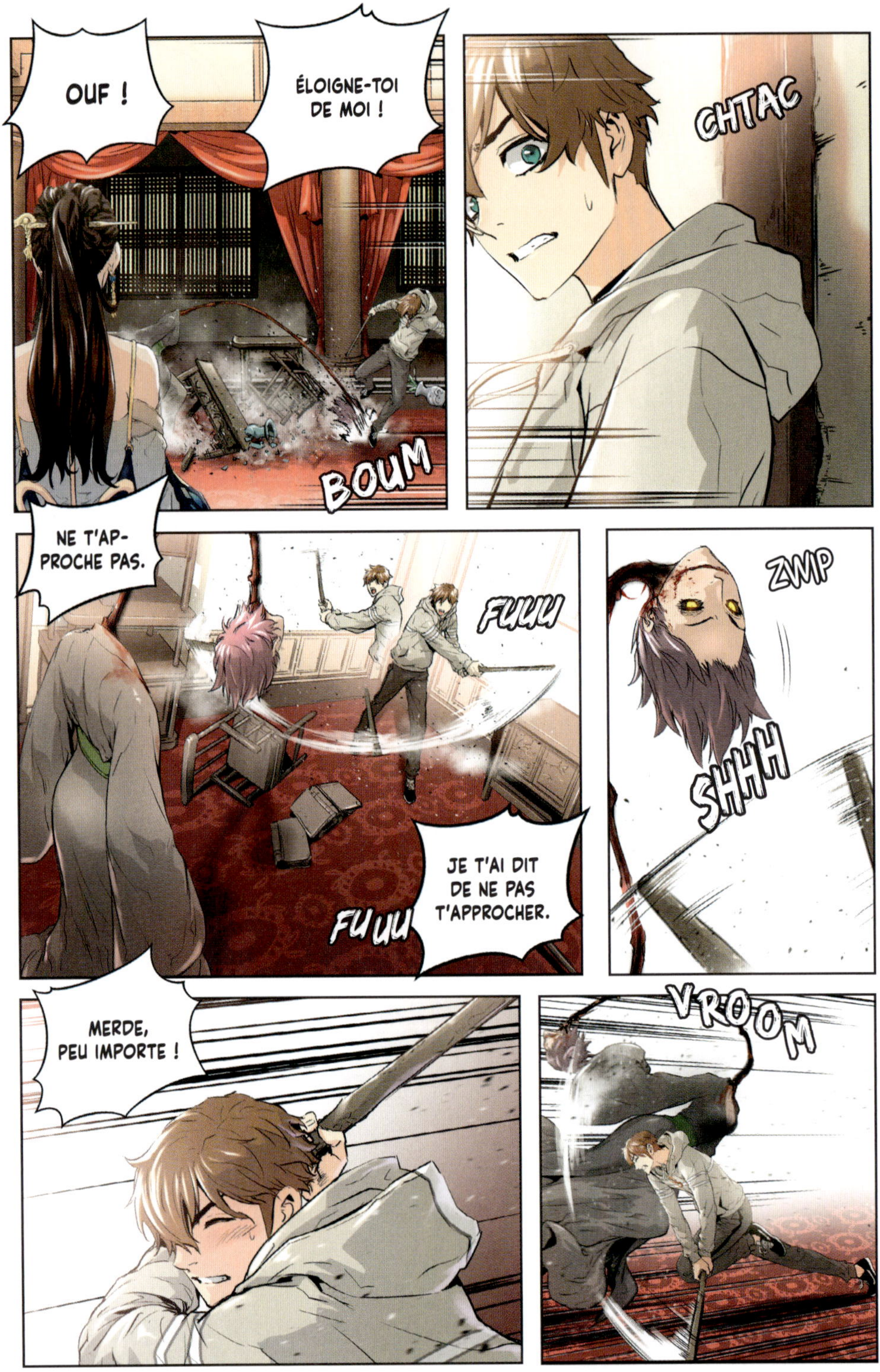
OUF !
ÉLOIGNE-TOI DE MOI !
BOUM
CHTAC
NE T'AP-PROCHE PAS.
FUUU
FUUU
JE T'AI DIT DE NE PAS T'APPROCHER.
ZWIP
SHHH
MERDE, PEU IMPORTE !
VROOM

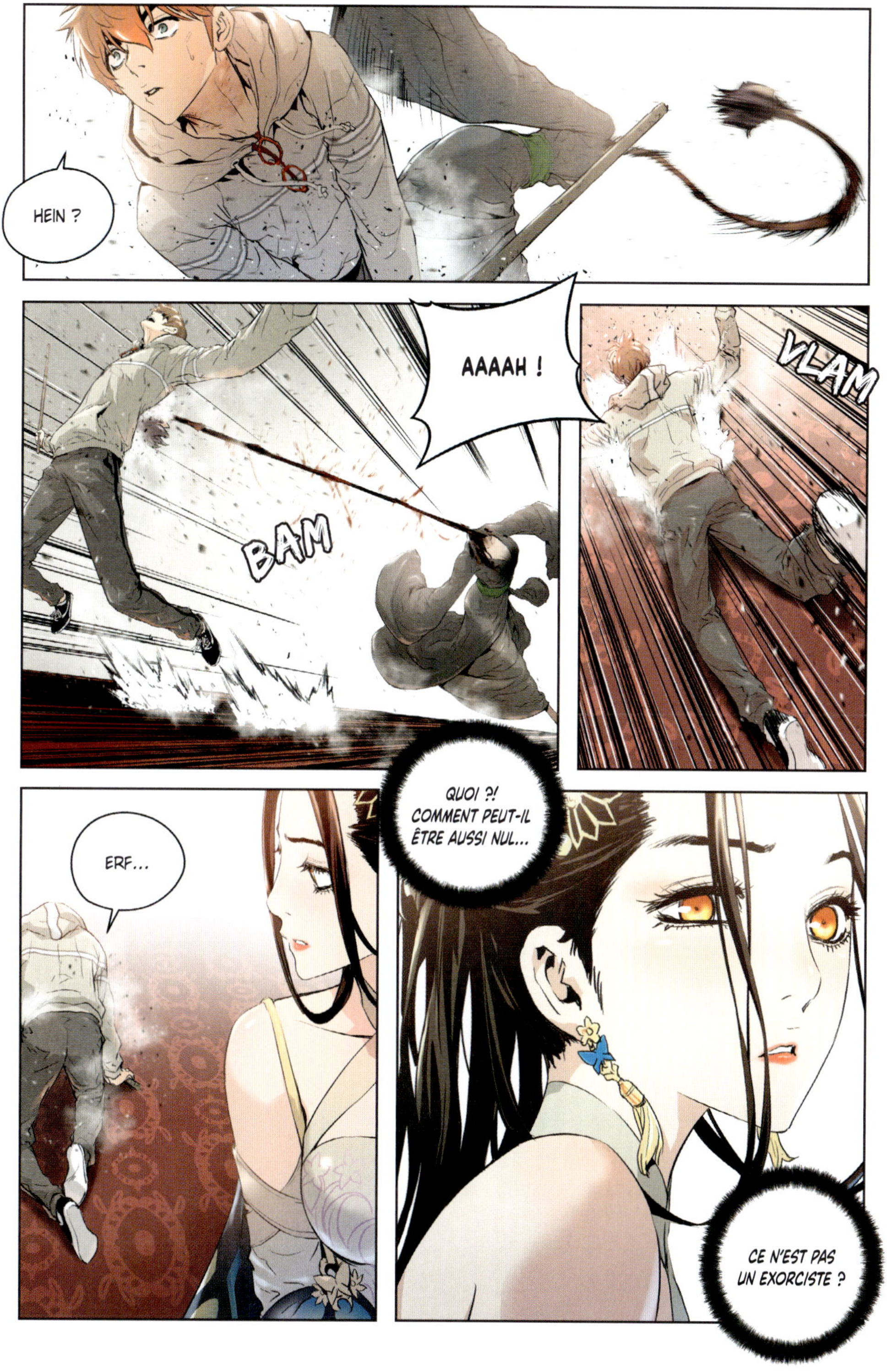
HEIN ?
AAAAH !
BAM
VLAM
ERF...
QUOI ?! COMMENT PEUT-IL ÊTRE AUSSI NUL...
CE N'EST PAS UN EXORCISTE ?

MAIS COMMENT UN SIMPLE HUMAIN POURRAIT POSSÉDER UNE TELLE ARME ?
TADAM
!!
NON !
PAF
!!

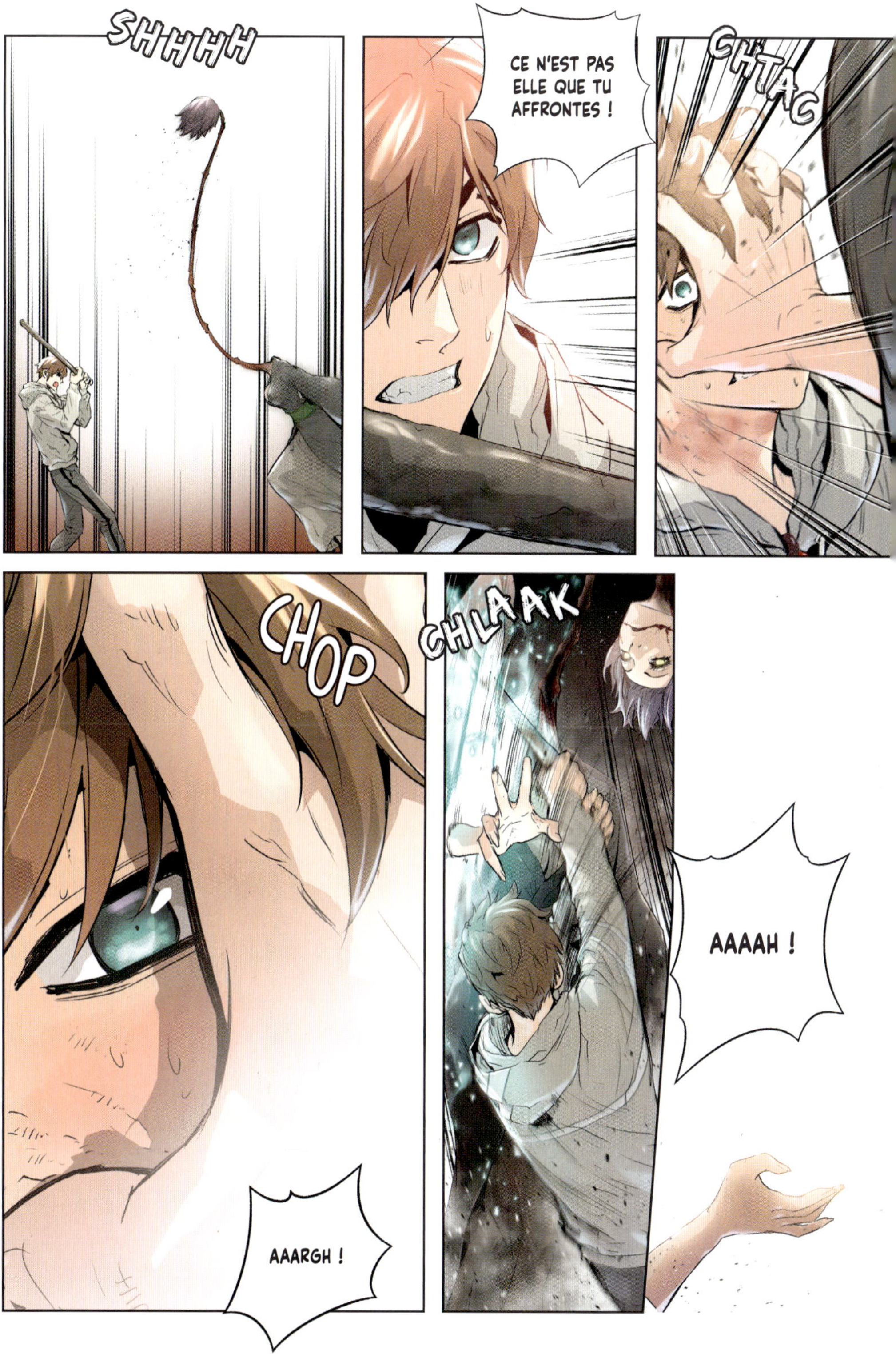
SHHHH
CE N'EST PAS ELLE QUE TU AFFRONTES !
CHTAC
CHOP
AAARGH !
CHLAAK
AAAAH !

BOUM
ARGH...
COMMENT FAIRE ?
EXCUSEZ-MOI. EST-CE QUE C'EST AUSSI CONSIDÉRÉ COMME DE LA LÉGITIME DÉFENSE ?
LÉGITIME DÉFENSE ?
?!
UGH...
JE NE SAIS PAS DE QUOI VOUS PARLEZ...
MAIS REGARDEZ.
QUOI ?
SON BRAS...
A DISPARU ?!
FSSSH

FSSSHHH

QUOI ?
JE SUIS SÛR DE L'AVOIR COUPÉ !
FSSSHHH
FSSSHHH
FSSSHHH

FSSSHH
!!
JE SUIS FOUTU !
ELLE GRANDIT !
COMMENT FAIRE ?
ELLE A UN NOYAU CENTRAL.
PARDON ?
LES YOGOE NE GRANDISSENT PAS.

CE QUE VOUS VOYEZ LÀ N'EST QU'UNE ILLUSION QU'ELLE A CRÉÉE.
SI VOUS L'ATTAQUEZ, ÇA NE LA BLESSERA PAS.
IL Y A FORCÉMENT UN NOYAU CENTRAL.
C'EST CE QUE VOUS DEVEZ VISER.
LE NOYAU CENTRAL.
...

VOUS SAVEZ VOUS BATTRE ?
NON.
POURQUOI AVEZ-VOUS CETTE ÉPÉE SI VOUS NE SAVEZ MÊME PAS VOUS BATTRE ?
C'EST UNE ÉPÉE ?!
VIENT DE LE DÉCOUVRIR
...
EST-CE QUE VOUS ÊTES VENU POUR MOURIR ?
BIEN SÛR QUE NON !
C'EST JUSTE QUE JE NE SAVAIS PAS QUE CE SERAIT SI DANGEREUX DE VENIR ICI.

ALORS, POURQUOI ÊTES-VOUS VENU ICI SANS MÊME SAVOIR VOUS BATTRE ?
POURQUOI ?
PARCE QUE JE... CHERCHE QUELQU'UN.
VOUS CHERCHEZ QUELQU'UN ?
POURQUOI CETTE PERSONNE SERAIT DANS CE GENRE D'EN...
!!
ATTEN...

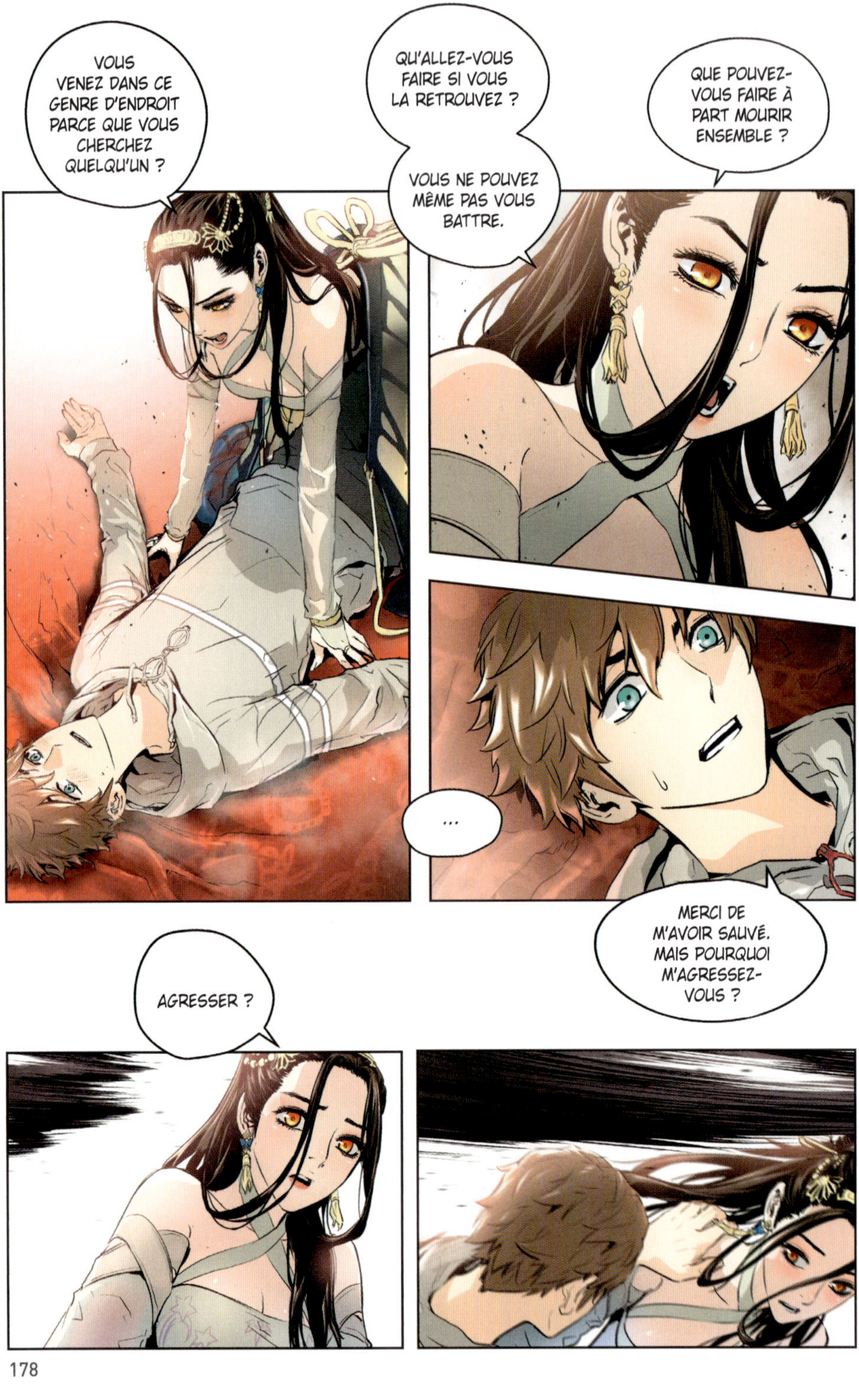
VOUS VENEZ DANS CE GENRE D'ENDROIT PARCE QUE VOUS CHERCHEZ QUELQU'UN ?
QU'ALLEZ-VOUS FAIRE SI VOUS LA RETROUVEZ ?
VOUS NE POUVEZ MÊME PAS VOUS BATTRE.
QUE POUVEZ-VOUS FAIRE À PART MOURIR ENSEMBLE ?
...
MERCI DE M'AVOIR SAUVÉ. MAIS POURQUOI M'AGRESSEZ-VOUS ?
AGRESSER ?

CHLAAAAA
TOUT CE QUE VOUS DITES EST VRAI.
QUAND JE L'ENTENDS, JE VOIS À QUEL POINT C'ÉTAIT IDIOT.
ALORS POURQUOI…
JE NE SAIS PAS NON PLUS.
PAR LE PASSÉ, J'AI EU UN ACCIDENT.
J'AI VRAIMENT PENSÉ QUE J'ALLAIS MOURIR.
MAIS C'EST À CE MOMENT QUE J'AI RÉALISÉ QUE…
JE ME MOQUE DE MOURIR MAIS JE VEUX VRAIMENT RENCONTRER CETTE PERSONNE.
JE L'AI COMPRIS CE JOUR-LÀ.
IL Y A UNE CHOSE QUE JE VEUX FAIRE AVANT DE MOURIR.
C'EST POURQUOI JE VEUX RENCONTRER CETTE PERSONNE MÊME SI ÇA ME COÛTE LA VIE.

SI CE N'EST PAS LE DESTIN...
ALORS QU'EST-CE QUE LE DESTIN ?
SO-CHEON, JE...

AH, DÉSOLÉ.
J'AI PAS FAIT EXPRÈS.
QUOI QU'IL EN SOIT, CE QUI EST IMPORTANT MAINTENANT, C'EST DE SURVIVRE.
...
ELLE ME TUERA CERTAINEMENT AVANT !
RÉUSSIR À S'ENFUIR SERAIT DÉJÀ BIEN...
TROUVER LE NOYAU CENTRAL...
DANS CETTE SI GRANDE MASSE ?
JE N'AI MÊME PAS LE TEMPS DE CHERCH...
JE VAIS LE FAIRE.

PARDON ?
VOUS N'AVEZ PAS LE TEMPS DE CHERCHER LE NOYAU CENTRAL, N'EST-CE PAS ?

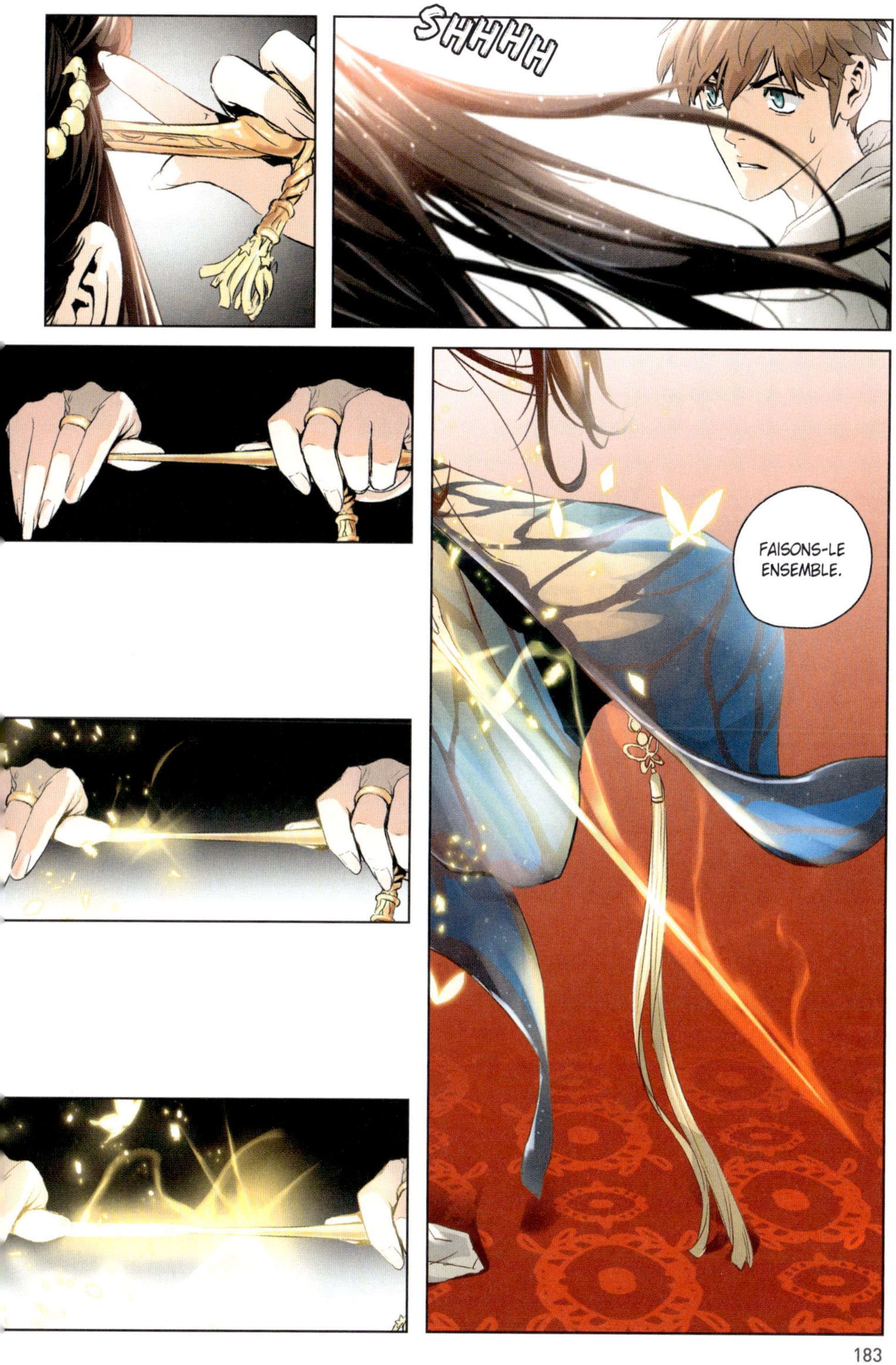
SHHHH
FAISONS-LE ENSEMBLE.

DÉSORMAIS J'AI MOI AUSSI...
UNE RAISON DE VOULOIR SORTIR D'ICI.

NAN YAK
La promesse de l'orchidée

Chapitre
05
NAN YAK
La promesse de l'orchidée

OUAH !
UN SABRE LASER ?!
JE VAIS NOUS FAIRE GAGNER DU TEMPS.

AH... AT... ATTENTION !
BOUM

PAAF
OUAH...
CONCENTREZ-VOUS !
IL FAUT VITE TROUVER LE NOYAU CENTRAL.

SI NOUS N'ATTAQUONS PAS À CET ENDROIT PRÉCIS NOUS NE POURRONS PAS L'ABATTRE !
!!
ELLE SE RÉGÉNÈRE ?
FSSHH
FSSHH
LE NOYAU... MAIS QU'EST-CE QUE C'EST...?
...

QUAND MÊME PAS... ÇA ?
FROUTCH
JE ME SOUVIENS !
!!
TCHAC
AVEC CES LUNETTES JE CROIS QUE J'AI DÉJÀ VU LE NOYAU.

LES LUNETTES ?
D'ACCORD ! DÉPÊCHEZ-VOUS DE LA TROUVER !
CHALLK
FSSHHH
FSSSHHH

ARGH...
BOUM
AH !
BOUM
BOUM
JE CROIS QU'IL Y AVAIT QUELQUE CHOSE SOUS SES PIEDS...
SI JE ME RAPPROCHE UN PEU PLUS, JE POURRAIS SAVOIR CE QUE C'ÉTAIT...

J'AI TROUVÉ !
C'EST LÀ ! LE NOYAU CENTRAL !
!!
IM... IMBÉCILE. POURQUOI LE DIRE À HAUTE VOIX...
FSSHHH
AH ?
ATTENTION...

!!
CHLAK
MINCE...
CHLAAK
CHLAAK
VITE...
ATTAQU...
HUMPF !
HUMPF !
AH...
ELLE... ELLE L'A ABSORBÉE ?

TSSS...
JE DOIS VITE L'ARRÊTER...!
MON-SEIGNEUR.
BAAM

BOOM
SSSHHH
ARGH !
KOF !
KOF !

BO
OM
AH...
MON...
JE L'AI LÂCHÉE...
MON-SEIGNEUR
NON...
PAF
PAAF
PAF
...?
HEIN ? JE NE SENS RIEN...
VROOOOO

VROOOOO
VROOOOO
MAIS...
QU'EST-CE QUI SE PASS...
?!
CRAC
PAAF
!!
TAP

BAM
!!
BAM

ARGH...
BAM
POURQUOI EST-CE QUE CETTE ÉPÉE LE PROTÈGE ?
UNE ÉPÉE DOTÉE D'UN ÉGO...
MON...
MON-SEIGNEUR.
JE PENSAIS QUE CETTE ÉPÉE ÉTAIT TOMBÉE PAR CHANCE À CE MOMENT-LÀ, MAIS CE N'ÉTAIT PAS LE CAS ?
...
PAF
J'AI ENCORE DU MAL À TOUT COMPRENDRE, MAIS C'EST EFFRAYANT...
PAF
MONSEI...
AAAH !
BAM
PAF
NE T'APPROCHE PAS DE MOI.
MON-SEIGNEUR.

VROOO
AH...
VROOO
TU... TU M'AS FAIT PEUR !!
POURQUOI...
MON-SEIGNEUR.
GLOU
MONSEIGNEUR.
GLOU
MONSEIGNEUR.
C'EST FINI ?
ARGH !
MON...
GLOU
GLOU
ELLE NE S'EST PAS ENCORE ÉNERVÉE ? JE CROIS QUE SA MASSE A ENCORE AUGMENTÉ...
MONSEIGNEUR VOUS AUSSI VOUS...
EST-CE QU'IL FAUT ATTAQUER CETTE PARTIE ?

MAIS...
MONSEIGNEUR...
QUE FAIRE... QUAND JE VOIS CE VISAGE DOULOUREUX...
VROOOO
?!
FSSHH
HEIN ?
UNE... UNE MINUTE.
TAP
FSSHH
HE... HEIN ?
A... ATTENDS !
HÉ !
NE FAIS PAS ÇA...

QU'EST-CE QU'IL...
TAP
ARGH !
JE T'AI DIT D'ARRÊTER !!
STAP
SPLASH
FSSSHHH

UN CHIEN ?

Chapitre
06
NAN YAK
La promesse de l'orchidée

GH !
AÏE...
J'AI MAL...
QUEL RÊVE AGITÉ...
CE N'EN ÉTAIT PAS UN !!
...

AH… AH OUI ! LE MONSTRE…!
STAP
IL A DISPARU.
PARDON ? COMMENT ?
VOTRE ÉPÉE.
OÙ VOUS ÊTES-VOUS PROCURÉ UNE ÉPÉE SI EXTRAORDINAIRE ?
L'ÉPÉE ?
AH…
JE NE SAIS PAS… J'AI JUSTE APPORTÉ CE QU'IL Y AVAIT CHEZ MOI…
UNE FOIS SÉPARÉ DU NOYAU…
CE MONSTRE A RETROUVÉ SA FORME ORIGINELLE.
…
?!

C'EST LE YOGOE DE TOUT À L'HEURE ?
POUR MOI ÇA RESSEMBLE JUSTE À UN CHIEN...
C'EST IMPOSSIBLE...
CE N'EST PAS UN YOGOE ORDINAIRE... JE PENSE QUE C'EST UNE DIVINITÉ QUI S'EST TRANSFORMÉE EN YOGOE.
DES CLOCHETTES ?
?!

UNE DIVINITÉ...
ÇA VEUT DIRE QUE CE MONSTRE NOIR EST EN FAIT LA VRAIE NATURE DE LA DIVINITÉ ?
...
NON.
LE SPECTRE SE SERVAIT DE LA FORCE DU YOGOE POUR AUGMENTER LA SIENNE.
UN SPECTRE ?
OÙ EST CE SPECTRE ?
PEUT-ÊTRE QUE...
TCHAC
ICI.
VOUS VOULEZ DIRE QU'IL EST DANS L'ÉPINGLE À CHEVEUX ?
MAIS CETTE ÉPINGLE À CHEVEUX EN JADE...
!!
A ÉTÉ CASSÉE AU BOUT.
AH... À CE MOMENT-LÀ...

C'ÉTAIT UN MORCEAU D'ÉPINGLE À CHEVEUX.
FUU
!!
CETTE PERSONNE...!
C'EST LA FEMME QUE J'AI VUE LA PREMIÈRE FOIS !
FFFSSSSHH

!!
ELLE A PRIS POSSESSION DE SON CORPS ?
TSSS ! DONNE-LA-MOI ! T'AS PAS BESOIN DE QUELQUE CHOSE D'AUSSI CHER !
MONSEIGNEUR, S'IL VOUS PLAÎT...! NE FAITES PAS ÇA...
CETTE ÉPINGLE À CHEVEUX APPARTENAIT À MA DÉFUNTE MÈRE...
PITIÉ !
AAARGH !
CROC
TU M'AS MORDU ? TU T'ES PRIS POUR QUI ?
BAF

HÉ JEUNE FILLE.
SI TU N'AS NULLE PART OÙ ALLER, TU PEUX VENIR CHEZ MOI.
QUE FAIS-TU DEHORS EN PLEIN MILIEU DE LA NUIT ? C'EST DANGEREUX.

MONSEIGNEUR…
MONSEIGNEUR, VOUS AUSSI VOUS ÊTES VENU ME VOLER MON ÉPINGLE À CHEVEUX ?

EST… EST-CE QUE C'ÉTAIT UN FANTÔME ?
!!
OUI.
C'ÉTAIT UN ESPRIT ATTACHÉ À CETTE ÉPINGLE.
EN PLEINE EXODE, ELLE A ÉTÉ POURCHASSÉE PAR UN HOMME SUSPECT ET A CHUTÉ ACCIDENTELLEMENT D'UNE FALAISE.
JE PENSE QU'ELLE A TENTÉ DE PROTÉGER CETTE ÉPINGLE À CHEVEUX QUI A APPARTENU À SA MÈRE.
LA PAUVRE.
IL SEMBLE QUE L'ESPRIT A PU SE SERVIR DE CE YOGOE CAR L'ÉPINGLE ÉTAIT ENFONCÉE DANS SON CORPS.
IL EST PROBABLE QUE QUELQU'UN SE SOIT SERVI DE L'ÉPINGLE COMME D'UNE ARME…

...
COMMENT LE SAVEZ-VOUS ?
...
POURQUOI VOUS AVEZ EMPÊCHÉ L'ATTAQUE À L'ÉPÉE ?
POURQUOI VOUS AVEZ FAIT ÇA ?
PARDON ? DE QUOI ?
HEUREUSEMENT QUE LE YOGOE S'EST ÉVANOUI MAIS VOUS AURIEZ TRÈS BIEN PU MOURIR.
...
EN EFFET.
MAIS IL VAUT MIEUX ÉCOUTER CE QU'IL A À DIRE PLUTÔT QUE DE REGRETTER PLUS TARD.
JE NE PEUX PAS ME PERMETTRE DE FAIRE UNE ERREUR PARCE QUE J'AI AGI DANS LA PRÉCIPITATION.

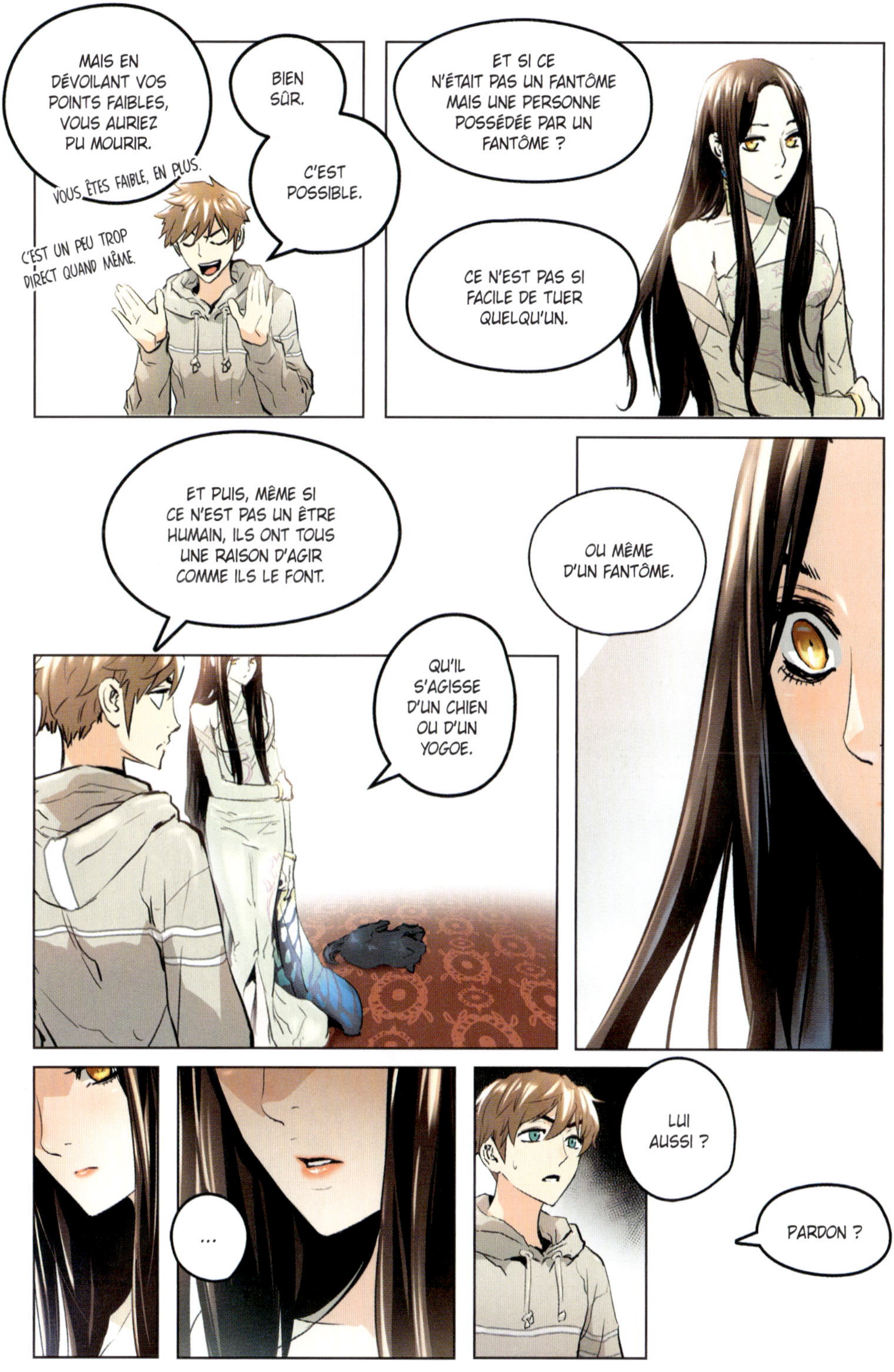
MAIS EN DÉVOILANT VOS POINTS FAIBLES, VOUS AURIEZ PU MOURIR.
VOUS ÊTES FAIBLE, EN PLUS.
C'EST UN PEU TROP DIRECT QUAND MÊME.
BIEN SÛR.
C'EST POSSIBLE.
ET SI CE N'ÉTAIT PAS UN FANTÔME MAIS UNE PERSONNE POSSÉDÉE PAR UN FANTÔME ?
CE N'EST PAS SI FACILE DE TUER QUELQU'UN.
ET PUIS, MÊME SI CE N'EST PAS UN ÊTRE HUMAIN, ILS ONT TOUS UNE RAISON D'AGIR COMME ILS LE FONT.
QU'IL S'AGISSE D'UN CHIEN OU D'UN YOGOE.
OU MÊME D'UN FANTÔME.
...
LUI AUSSI ?
PARDON ?

LE YOGOE QUI A TUÉ MON PÈRE AUSSI ?
D'APRÈS CE QUE VOUS DITES...
IL Y AURAIT FORCÉMENT UNE RAISON DERRIÈRE CET ACTE ?

BOUM
BOUM
?!
BRRR

VROOO
ENCORE L'ÉPÉE.
FWIP
!!
FWIP
AH !
HÉ ! DESCENDS !
TAP
DÉ… DÉSOLÉ. ÇA NE FAIT PAS LONGTEMPS QUE JE L'AI.
BRR
?!
C'EST JUSTE QUE TOUT À L'HEURE J'AI APERÇU UNE JEUNE FILLE QUI PLEURAIT À L'INTÉRIEUR DU MONSTRE.
MONSEIGNEUR.
SI CETTE PERSONNE EST MORTE À CAUSE D'UNE INJUSTICE, NOUS NE POUVONS PAS LUI EN FAIRE VIVRE UNE DEUXIÈME.
DIRE QU'IL Y A FORCÉMENT UNE RAISON NE SIGNIFIE PAS QU'ELLE EST BONNE.

...
QUELLE ÉTRANGE PERSONNE...
PARDON ?
EXCUSEZ-MOI...
SI JE SUIS BIZARRE ALORS SACHEZ QUE VOUS L'ÊTES BIEN PLUS !
C'EST DÉJÀ BIZARRE QU'UNE FEMME SOIT DANS UN LIEU PAREIL EN PLEIN MILIEU DE LA NUIT...
MAIS EN PLUS, VOUS PORTEZ DES VÊTEMENTS CURIEUX.
C'EST SÛR...
!!
N'EST-CE PAS NORMAL DE VOUS TROUVER SUSPECTE ?
TCHAC
VOUS !

AAARGH !!
VOUS ÊTES UNE EXORCISTE, N'EST-CE PAS ?
QUOI ?
TOUT À L'HEURE, FACE AU YOGOE, J'AI VRAIMENT ÉTÉ SURPRIS.
LE SABRE ÉTAIT COOL AUSSI.
SI VOUS NE M'AVIEZ PAS PARLÉ DE SA FAIBLESSE, NOUS N'AURIONS...
AH, C'EST VRAI, LES LUNETTES !
OÙ ELLES SONT ?
...
OUF, ÇA VA.
ELLES NE SONT PAS CASSÉES.

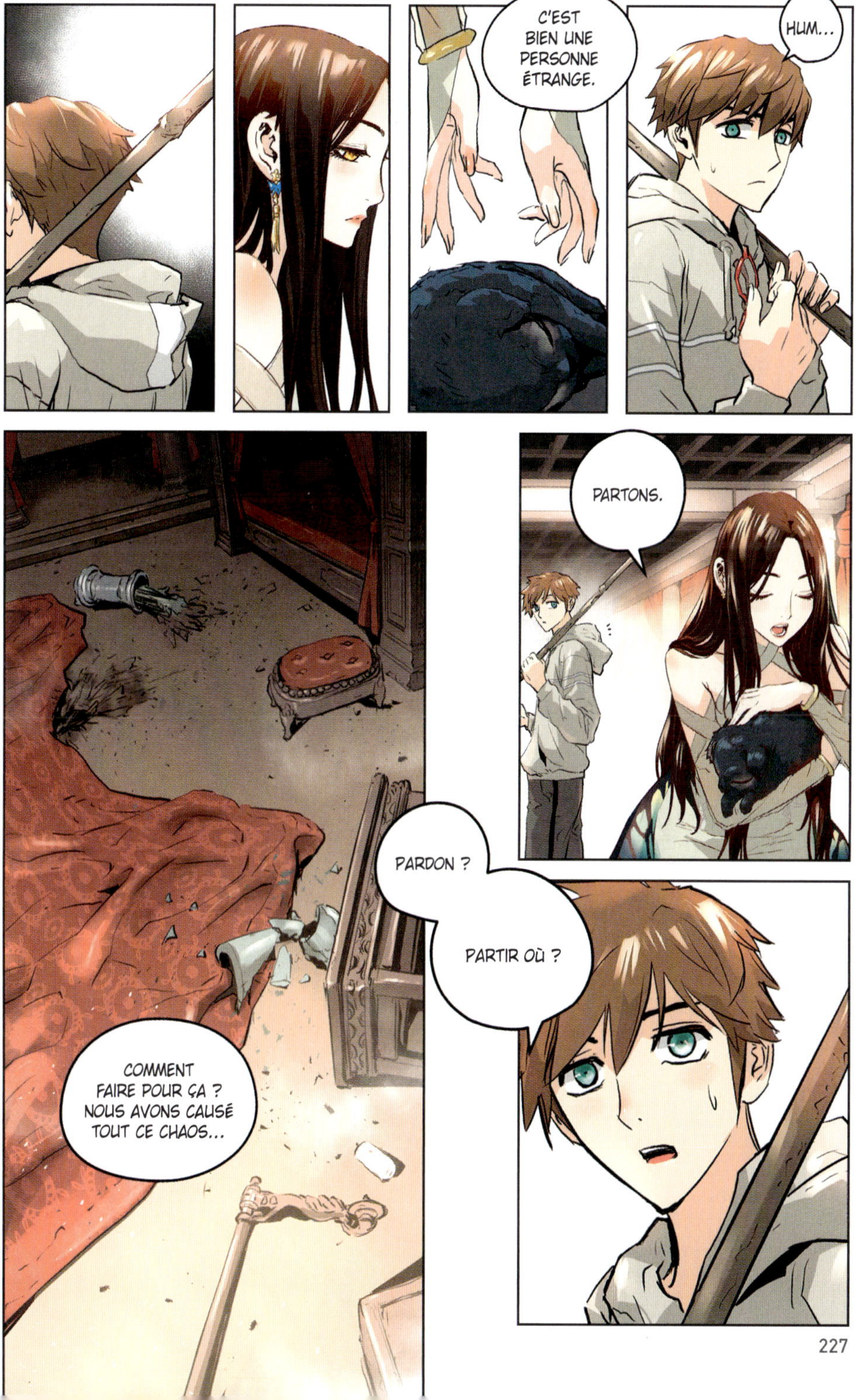
C'EST BIEN UNE PERSONNE ÉTRANGE.
HUM...
PARTONS.
PARDON ?
PARTIR OÙ ?
COMMENT FAIRE POUR ÇA ? NOUS AVONS CAUSÉ TOUT CE CHAOS...

OÙ VOUS VIVEZ.
CET ENDROIT EST TROP DANGEREUX.

NAN YAK
La promesse de l'orchidée

Chapitre
07
NANYAK
La promesse de l'orchidée

EXCUSEZ-MOI...
ÇA VA ALLER ?
?
DE QUOI PARLEZ-VOUS ?
TOUT À L'HEURE VOUS AVEZ DIT QUE COMME LE TEMPLE NANYAK ÉTAIT DANGEREUX NOUS DEVRIONS ALLER AILLEURS.
OUI.

MAIS L'ENDROIT OÙ JE VIS N'A PAS L'AIR D'ÊTRE PARTICULIÈREMENT SÛR NON PLUS.
J'Y AI AUSSI VU LE MONSTRE QU'ON A AFFRONTÉ TOUT À L'HEURE.
...
EN Y REPENSANT, IL EST PEU PROBABLE QU'IL Y AIT UN ENDROIT SÛR DANS LE VOISINAGE.
DANS UN CHAMP SI RESTREINT...
LE YOGOE DU VIEIL ARBRE VA VENIR ME CHERCHER D'UN INSTANT À L'AUTRE.
JE DOIS TROUVER UN MOYEN DE ME METTRE EN SÉCURITÉ.
CE SERA TOUJOURS MIEUX QUE LÀ-BAS, POUR L'INSTANT.
...
EN EFFET...
IL PARAÎT QU'IL Y A UNE FEMME FANTÔME LÀ-BAS.
ELLE AURAIT MÊME MANGÉ DES GENS...
VOUS ÊTES AUSSI VENUE POUR ÇA ?
AH...

C'EST DOMMAGE ALORS.
ON DIRAIT, OUI…
…
JE CROIS QU'ELLE A FUI À CAUSE DU YOGOE QUI ME SUIVAIT.
POURRAI-JE LA RENCONTRER SI JE REVIENS UNE AUTRE FOIS ?
J'AI QUELQUE CHOSE À LUI DEMANDER…
?
QUOI DONC…?
…
AH !
?
JE SUIS DÉSOLÉE POUR TOUT À L'HEURE.
SANS MÊME CONNAÎTRE VOTRE SITUATION, J'AI DIT CE QUE JE PENSAIS SANS RÉFLÉCHIR.
CE N'EST PAS QUE JE PRÉTENDS TOUT SAVOIR.

...
TOUT À L'HEURE, J'AI APERÇU UNE JEUNE FILLE QUI PLEURAIT À L'INTÉRIEUR DU MONSTRE.
DEMAIN, CE SERA LA PLEINE LUNE.
LA CÉRÉMONIE POURRA ALORS AVOIR LIEU.
PLUS QUE DEUX JOURS.
IL NE RESTE PRESQUE PLUS DE TEMPS.

D'ACCORD.
HUM...
ON PEUT AUSSI VOIR LES CHOSES DE CETTE FAÇON.
SI CETTE PERSONNE EST MORTE À CAUSE D'UNE INJUSTICE, NOUS NE POUVONS PAS LUI EN FAIRE VIVRE UNE DEUXIÈME.
GRÂCE À VOUS...
J'AI PU ENTENDRE DES MOTS.
QUE PERSONNE D'AUTRE NE M'AVAIT DIT.
C'EST ICI.

C'EST LÀ QUE JE VIS.
COMMENT...
CETTE COÏNCIDENCE...
ON DIRAIT QUE C'EST HANTÉ, N'EST-CE PAS...?
HA HA
EN RÉALITÉ, C'EST VRAIMENT HANTÉ.
FRR
!!
SWIP
TU ES RÉVEILLÉ !
TAP
POF
COMME TU ES MIGNON.
GLING
ÇA M'EST FAMILIER.
GLING

JE VAIS CHERCHER UN VÊTEMENT CHAUD.
?!
CE N'EST PAS NÉCESSAIRE.
LE YOGOE DU VIEIL ARBRE... S'EST SÛREMENT RENDU COMPTE QUE J'AVAIS DISPARU.
LE RITE AURA LIEU DEMAIN.
IL NE VA SANS DOUTE PAS ME LAISSER TRANQUILLE COMME ÇA.
C'EST RIDICULE.
?!
JE DOUTAIS DE TON OBÉISSANCE DONC JE SUIS RENTRÉ PLUS TÔT ET COMME JE LE PENSAIS...
OUAF
OUAF
OUAF

TU AS CRU QU'UNE BONNE À RIEN COMME TOI POUVAIT M'ÉCHAPPER ?
SO-CHEON.
TU NE PEUX PAS CACHER TON AIR SOURNOIS.
OÙ QUE TU AILLES TU NE POURRAS PAS CACHER TA VRAIE NATURE.
VOILÀ, EST-CE QUE ÇA VOUS IRAIT COMME VÊTEMENT EN DÉPANNAGE ?
HEIN ?

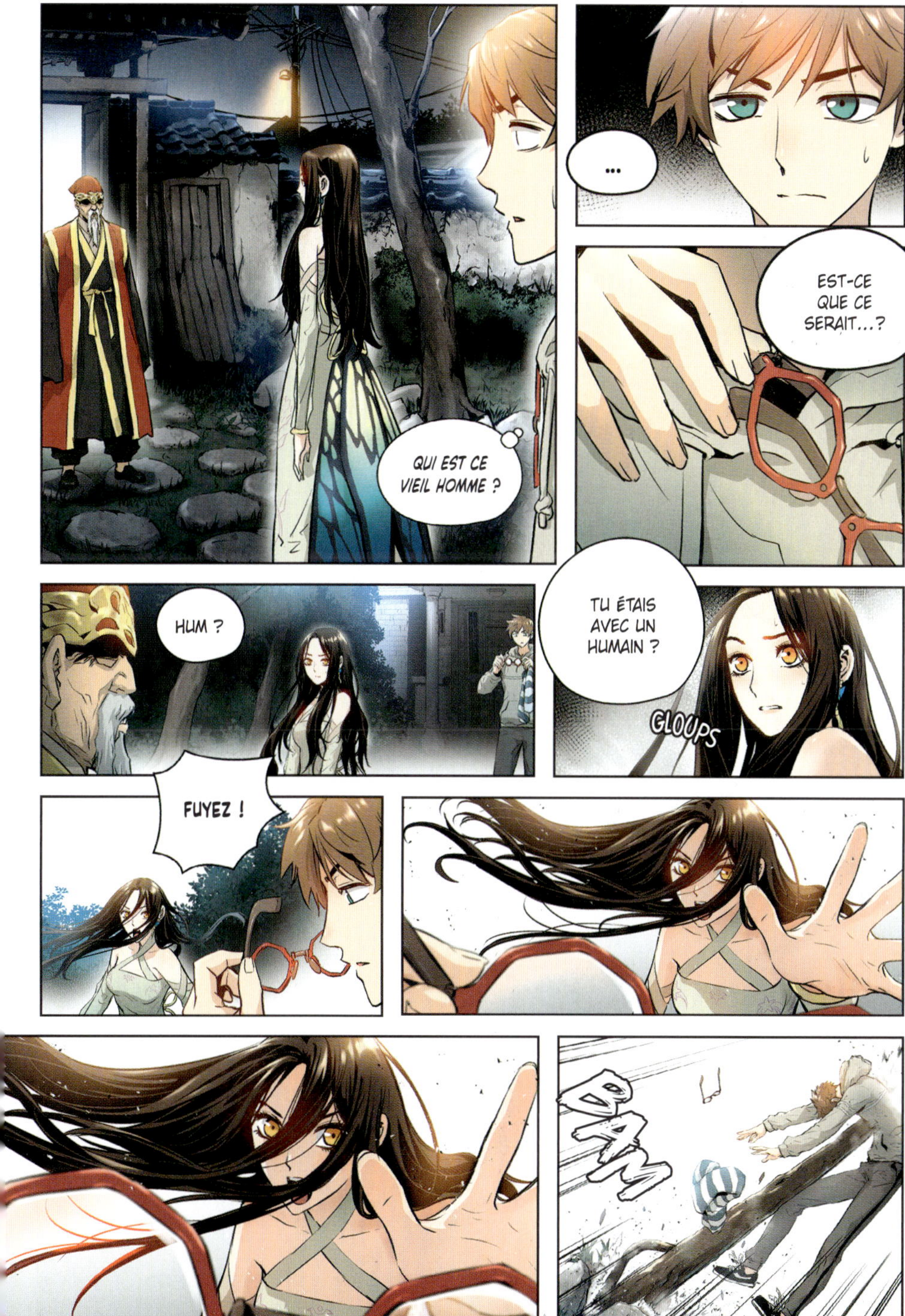
QUI EST CE VIEIL HOMME ?
...
EST-CE QUE CE SERAIT...?
HUM ?
TU ÉTAIS AVEC UN HUMAIN ?
GLOUPS
FUYEZ !
BAM

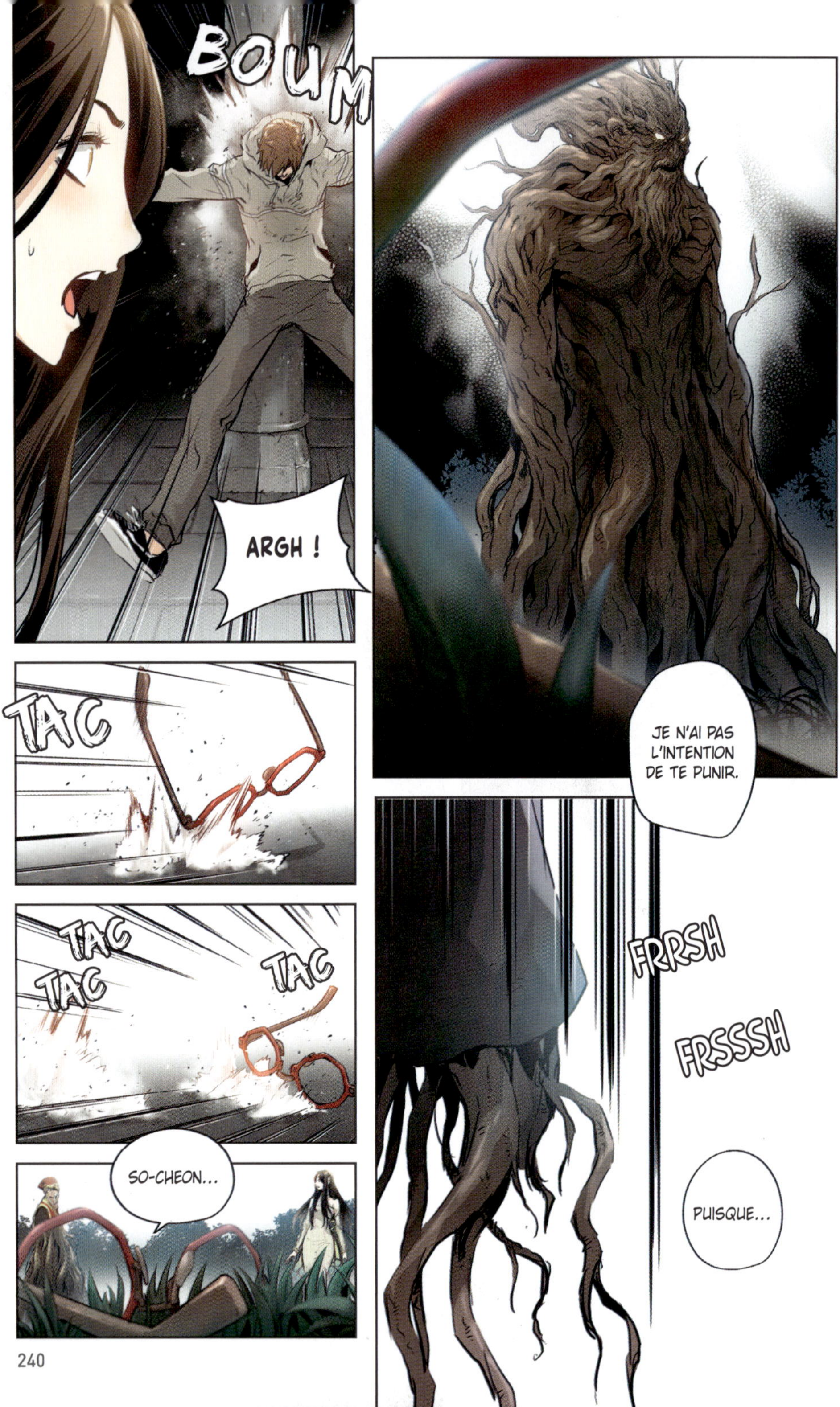
BOUM
ARGH !
JE N'AI PAS L'INTENTION DE TE PUNIR.
TAC
TAC
TAC
TAC
FRRSH
FRSSSH
SO-CHEON…
PUISQUE…

FRRSH
FRSSH
DE TOUTE FAÇON, TU DEVIENDRAS UNE PARTIE DU SEIGNEUR GEUM-KWAN.
TAP
ARGH !
!!
STAP
RENTRONS SAGEMENT, SO-CHEON.
AH...
OUAF
OUAF
OUAF

JE TE L'AI CERTAINEMENT DÉJÀ DIT, NON ?
AU FINAL, JE NE PEUX RIEN Y FAIRE ?
...
FRR
TANT QUE JE SUIS EN POSSESSION DE TES CENDRES, TU NE POURRAS JAMAIS M'ÉCHAPPER...
FRRSH
OUAF OUAF
OUAF OUAF
SI CETTE PERSONNE EST MORTE À CAUSE D'UNE INJUSTICE, NOUS NE POUVONS PAS LUI EN FAIRE VIVRE UNE DEUXIÈME.
ARGH...

C'ÉTAIT UN RÊVE VAIN.
HUM ?
CRAAC
CRAAAC
HEIN ?!

VOUS ALLEZ BIEN ?
JE NE SAIS PAS... IL M'A FRAPPÉ DEUX FOIS AU MÊME ENDROIT...
AÏE. AÏE. AÏE.
C'EST AUSSI UN YOGOE ?
DITES-MOI OÙ EST SON POINT FAIBLE, COMME TOUT À L'HEURE.
GH
C'EST INUTILE.
D'ACCORD ! C'EST INU...
PARDON ?
IL N'EST PAS DU NIVEAU DE CELUI DE TOUT À L'HEURE.
VOUS NE POUVEZ PAS GAGNER CONTRE LUI.
...
IL SEMBLE QUE TU AIES UN OBJET QUI N'EST PAS ADAPTÉ À UN SIMPLE HUMAIN.
?!
CE N'EST PAS UNE ÉPÉE ORDINAIRE...

À SUIVRE DANS LE VOLUME 2

NON, C'EST QUE...
J'AI FAIT TOUS CES EFFORTS JUSTE POUR MOURIR...
FWIT
JE NE SAIS PLUS... JE NE SAIS PLUS QUOI FAIRE.
TAC
?!
TU AVAIS QUAND MÊME LA POSSIBILITÉ DE SURVIVRE.
POURQUOI TU TE COMPORTES COMME SI TU ÉTAIS IMPUISSANT ?

HAF HAF
QU'EST-CE QUE VOUS ATTENDEZ ?
VENEZ VOUS BATTRE.

SHHH
JE VAIS EN FINIR UNE BONNE FOIS POUR TOUTES EN TE TUANT AUJOURD'HUI !
TU ES MON FILS, MAIS TON ÂME EST CELLE D'UN DÉMON !
SHHHHH

Nan Yak
La promesse de l'orchidée

Nan Yak, La promesse de l'orchidée, Vol.1

Directeur de collection : Pascal LAFINE
Coordinatrice : Lina LIANG
Supervision éditoriale : Marine LAFONTAINE
Correction : Victoria JUILLARD
Traduction : NAVER WEBTOON
Lettrage : Celian VARINI
Conception graphique : Yohan JULIEN

2024 Groupe Delcourt pour la présente édition.
Ce volume contient les épisodes 00 à 07.
Dépôt légal : juin 2024
ISBN : 978-2-38288-133-0

Imprimé et relié en mai 2024
par Aubin, en France

Groupe Delcourt - KBOOKS -
8 rue Léon Jouhaux 75010 Paris

www.editions-delcourt.fr

KBOOKS